逐光而歌

魏人彪 / 著

宁波出版社

图书在版编目（CIP）数据

逐光而歌/魏人彪著. -- 宁波：宁波出版社，
2025.4. -- ISBN 978-7-5526-5516-2

Ⅰ.I267.1

中国国家版本馆CIP数据核字第2024WB3400号

逐光而歌
ZHUGUANGERGE

魏人彪　著

责任编辑	汪　婷
责任校对	叶呈圆
出版发行	宁波出版社
地址邮编	宁波市甬江大道1号宁波书城8号楼6楼　315040
装帧设计	金字斋
印　　刷	宁波白云印刷有限公司
开　　本	787mm×1092mm　1/16
印　　张	15
字　　数	220千
版　　次	2025年4月第1版
印　　次	2025年4月第1次印刷
标准书号	ISBN 978-7-5526-5516-2
定　　价	38.00元

如发现缺页或倒装，影响阅读，请与出版社或印刷厂联系调换
电话：0574-87248279（出版社）
　　　0574-87328764（印刷厂）

目录 / CONTENTS

第一章　寄情山水

王干山记	003
归云洞	007
深秀谷	010
暮枕半边山	013
花岙岛上的星辰和流云	017
石头物语	021

第二章　写意生活

带你一起飞	031
飞　雪	034
赶　集	036
食堂里的乡愁和感动	039
水街偶见	042
踏　月	045
微　笑	048
在河边	051

第三章　悠悠岁月

撮　生	055
稿　费	059
两张获奖通知单	062
两张准考证	065
夹在旧日记里的纸页	070
"闹"咸菜	075
回　家	078
热爱邓丽君	082
忆群飞	085

第四章　乐活时光

剪报记	091
喝茶记	096
野炊记	100
出书记	105
读戏记	110
下厨记	115

第五章　一脉情深

月　亮	121
跳起来	125
红　糖	127
单曲循环	130

第六章　人间草木

花　语	137
缑城有嘉木	140
藕花深处	147
秋　叶	150
田田一池荷	154

第七章　日新月异

井水荡漾	161
零　食	168
弄堂叫卖声	172

第八章　城市记忆

嵊城是果乡	177
瓦上的气息	185
邬家道地	189
城隍庙	197

第九章　体悟人生

不　遇	203
低碳生活	205
读词典	208
光阴短	211
朗　读	214
伞	217
书边札记	220
一片灿烂阳光	224

后　记　　　　　　　　　　　227

感谢您走进我的情感世界

第一章
Chapter1
寄情山水

王干山记

高逾百米的王干山,巍峨耸立在东海岸的万里春光下。

当我和妻子在这个风和日丽的早上驾车前来,并肩伫立在草木葳蕤的山顶极目远眺的时候,比唐朝那个叫王干的小和尚到达这里晚了1100多年!

在这更早之前,这一带百姓称这座山为石头山,只是后来王干来了才改了山名。其实王干也不是一时心血来潮,特意选定在某一个黄道吉日踏上这块风水宝地,像王公权贵那样将石头山"圈"为己有的,更改山名也不是他想改就改得了的,而是许多年以后当地百姓对他礼佛行义、慈善济世的最高褒奖和纪念。

此刻,极目远眺,在海天相接之处,我仿佛看见波涛汹涌的大海上一只帆船漂摇而来,帆船毫无定力地在波峰浪谷间颠簸,欲倾欲埋,船上正是当年那个惊恐万分的王干。王干是天台国清寺的和尚,奉住持之命前往普陀山取经,不料回程时风云突变,浪逐天高,大海成了一座恐怖的炼狱,随时都有可能船覆人倾葬身鱼腹。谁也无法确定,世间的人和物在某一时刻的相逢相遇以及其后交汇叠加的命运相连是偶然,还是冥冥中注定的,是孽障还是幸事,但对唐朝小和尚王干来说,名不见经传的石头山无疑成就了他不一样的人生,是他的圣地。危难之际,王干的船终于幸运地靠上了石头山,石头山也从此紧紧地和王干联结在一起。

为了感恩石头山的拯救和石头村村民在他流落困顿时的援手相助，王干数度在国清寺和石头村之间来回，给村民送来当时官府严加管控的珍贵的油和盐。再后来，他受住持点悟，在石头山上结庐修寺，焚香事佛，并命寺名为"石头寺"。

不过，在其后1100多年漫长曲折的岁月里，王干山并不为多少人所知，而是默默无闻地打坐在家乡宁海县的濒海之地，尘封在时光深处。历史行进至20世纪90年代末，随着乡村旅游的蓬勃兴起，王干山以其面朝大海、有着万顷沧海桑田的独特景观和美好的人文传说而拨云见日，迎来重新进入人们视野和生活的崭新时代。

王干山历史文化景区的建设和开放已有20多年，作为一个本地人，又近在咫尺，我却是今天才第一次来。我们从县城出发，自驾不过半小时的车程。沿公路盘旋而上，半山山后路边一寺在侧，墙体的棕黄色和寺内殿阁顶上的琉璃瓦在清亮的阳光下闪耀，香烟散淡地飞升起来，有一些随风而逝，有一些似有若无地悬挂在寺外的树枝上，一切都是那样的安宁静谧。

这便是"石头寺"，当然，现在叫"油盐寺"。

传说中，当年在石头山安下身来的王干仍然不辞辛劳，往来奔波，为村民解决油盐之困。估计是善感上苍吧，一夜酣睡时，王干隐约听得滴漏之声，滴滴答答，声声扰耳。循声探寻，他发现一处岩缝下有两个滴坑，一坑油光光的，有暗香盈鼻，另一坑为白色粉粒状，伸指粘了，舌头去舔，咸咸的，竟然是盐！王干不由大喜，双手合十，诚心祈谢。

此后，王干夜夜四更去取油盐，每次各仅取三匙，第二天分予村里各户，天天如此，数十年如一日。时光如梭，瞬息而已。不觉到了风烛残年，王干将每夜取油盐一事嘱托给了一个小和尚。然小和尚年轻，贪睡，渐渐掉以轻心夜不惊醒，常常错过取油盐的时辰，故常因此挨师父责训。小和尚心里不爽，就想着把滴坑开凿得大一些，一次可多取一点,以免受天天起夜之苦,便自以为是偷偷凿开了滴坑,谁知事与愿违,滴坑轰然崩裂,从此再无油盐滴漏而出。

王干痛心疾首,为了使弟子们记取这一惨痛教训,牢记不贪不欲不惰的戒律,遂将"石头寺"改名为"油盐寺"。不久,王干圆寂,村民也将石头山改名为王干山。

车子从油盐寺侧畔驶过,转过几道弯,便抵达山顶。

山顶较为开阔,屋舍错落,绿树掩映,一片静悄悄。村里人家大多经营民宿,有整幢楼全部开发的,也有开出两三个房间的。一家民宿面海的道地平台上,一个小圆桌、几只小板凳,俩人喝着茶,悠闲得如同头上的朝阳。曲径通幽,我们沿观景栈桥缓步前行,空气清新,山花招摇,一片片树叶反射着阳光,微风过时,光点斑驳闪闪发亮。我心下疑惑,拦住一个村民问:"天气这么好,为什么不见游客呢?"

他笑:"都刚走了啊!"

"什么,都刚走?"

"是的哈。"他答道,"住民宿的,带着长炮筒相机的露营背包客,看了日出回去了。"

是的,王干山最值得一看的,当然是日出东方和名副其实的沧海桑田。

王干山脚下是三门湾,此处原本是碧波浩荡的海洋,可以让1100年前王干的帆船乘波浪而来,幸运地靠岸下锚摆脱危险,而现在,这儿却是万顷海田!远远俯瞰,一丘丘海田方正、整齐、平阔,在明暗交替渐变的天光下,有时像一面面明净的镜子,有时宛如一块块黝黑的木质雕版。

东海之滨的宁海县北临象山港,南濒三门湾,海岸线长170多公里,有着极为丰富和优良的滩涂资源。改革开放以后,特别是进入21世纪以来,随着海水养殖生产经济效益的明显增长,沿海农民纷纷转业转产,改造原来的低产棉田、盐晒场、老柑橘地等,海水流到的地方都建塘养殖。围塘养殖、低坝高网养殖、平涂养殖、海水普通网箱养殖和深水网箱养殖、工厂化养殖等，养殖面积达到数十万亩。拿对虾养殖来说，一只面积 10 余亩的标准养殖塘，每亩养殖 1.5 万—2 万只，亩产值可达 10 余万元，一只标准养殖塘就可创收 100 多万元；如果采用高密度养殖方式，每亩养 10 万只，收入至少翻 5 倍！

养殖品种也在不断增加，达到 5 大类 40 多种，有斑节对虾、南美白对虾、蛏子、牡蛎、泥蚶、青蟹、梭子蟹、鲈鱼、大黄鱼、石斑鱼等，有传统品种，也有引进、改培品种。收获的时候到了，冬春季节的牡蛎、4 月的蛏子、仲夏的对虾、寒秋的红膏蟹……都是欢蹦乱跳的，又有哪一个会辜负我们的舌尖呢！

王干山下的万顷海田是一个平涂海水养殖基地。最好看莫过于收虾时节了，天色微暗，星斗在眨眼闪烁，和塘堤上淡薄的灯光隔空相映。养殖户们将网笼笼口与养殖塘的闸口对接好，然后启闸放水。一时间，塘水激荡，被束缚已久的虾们兴奋不已，有一些前赴后继跃出水面一探究竟，噼噼啪啪响成一片，有一些随着"哗哗"湍流冲出闸口，落进了网笼……倘若这个时候，你正在王干山上迎候日出，那么，你一定会发现一片一片清亮开怀的笑声不时从这边或那边的塘堤上飞起来，把满山遍坡的草木也感染得袅袅起舞。

对于王干山来说，这片景致是不可或缺的。生生不息的广阔海田，让人们放松心情、陶冶情操，对大自然滋生无限的热爱、向往和敬畏。

阳光下，我再次放眼眺望霞辉平铺的海田，而这一次，我仿佛看到了乡村未来的更多画面，山河锦绣，欣欣向荣，文明美丽。

（2021.3）

归云洞

一日,天朗气爽,几个朋友相约去野炊。

车队在一支叮咚迎候的傍山溪泉边停下。有人招呼大伙下车,而后添了一句,山上面便是归云洞。

哦,这里就是盖苍山下东仓的小丹山南麓,南宋右丞相叶梦鼎曾经清心静气读书的地方!

叶梦鼎,字镇之,号西涧,浙江宁海人,出生于南宋庆元六年(1200)。嘉熙元年(1237),以太学上舍试入优等。初授信州军事推官,后在袁州、吉州、隆兴等地任地方官。景定三年(1262),任兵部尚书。次年,调任吏部尚书。咸淳三年(1267),拜右丞相兼枢密使。叶梦鼎秉持"廉耻事大,死生事小"的人生哲学,正气凛然,刚正不阿,清正廉明,担当为国,成为后人为学为仕为官为人的楷模。

我踏着步道而上。阳光像山中的空气一样清新,树木葱郁,鸟的鸣叫声声入耳。至山腰深处,果有一洞,但见洞口高阔,形如大张的狮口。"岩高数丈,其形穹窿,时有云气",故洞名曰"归云"。洞岩侧畔,悬有两道20多米高的瀑布,似白练飘垂,珠玉飞溅时,原本幽静的林间顿时有了哗哗然的生动喧响。洞不大,高约20米,宽6米,纵深仅12米,危岩悬空,似岌岌欲压。洞里体感适宜,一片阳光哗啦啦泼进来,照亮了漫漫洞中岁月。

退出来,在洞口的巨石上站定。我觉得,这里景致虽好,但穷乡僻壤，终究不是一个读书的好地方。然而，叶梦鼎却将这里作为他修身悟道、砥砺心志的"道场"，追求人生目标和价值的出发地，确实有着难能可贵、非比寻常的精神和勇气。故后人有诗赞曰："丹山岙里归云洞，梦鼎求知隐幽中。为相一朝彪史册，千秋凛气颂高风。"

800多年前，这里应该是崇山峻岭深处，林木茂密，人迹罕至，没有平坦的车道可以便捷抵达山下。一个年仅十六岁的瘦弱少年，背着沉沉的书囊、米袋和一些杂物，拨开丛生的荆棘，一步一步地爬上山来。他在世外桃源般的归云洞住下，一住十天、半月，不为其他，只为读书。这个少年，就是叶梦鼎。

小小年纪，只影单身，唯青灯伴读，他却不知孤独。书里的那些先贤举着思想的熊熊火炬接踵而来，或谆谆诱导，或促膝探讨，与他在洞中作彻夜的长谈，竟使他无暇尝一尝什么是寂寞，什么是孤独！

他也不知害怕。他的内心已经没有一丝的空隙，可以让雷鸣、风吼和虎啸、狼嚎挤占进来。他在自己的精神土地上埋头耕耘，不惹世尘，在狭小的天地里辽阔地生活着，《西涧集》中的主张和思想想必就是在这个时候一点点地萌芽、开花……

读起书来，他冷暖无知，饥饱不觉，到了忘我无我的境地。至今，当地民间仍然传颂着一则他读书成痴的佳话。一日夜半，他感觉腹生饥饿，才想起忘了吃晚饭，连忙起身做饭，哪知炉膛冰冷，炭火已燃尽多时。任凭天资聪慧，也难为"无火之炊"啊！他只好提着一只灯笼到山下岙里王村去讨火。村民听说来意，不禁大笑道："你手提的灯笼不是火吗？"叶梦鼎这才如梦初醒，拍打着大腿说："早知灯是火，饭熟已多时！"

一直以来，我都颇为自傲地以有墨在手、有韵于心的"读书人"自居，而此时，面对归云洞，后背霎时起了一片火辣辣、热烫烫的焦灼感。

朋友们在附近的林间走动，采摘野果，搜寻枫叶，小风不时把一阵阵惊喜传扬过来，连我身边的枝叶也被感染到了，飒飒地抖擞。当然,少年梦鼎一定也是天性烂漫的。我能够想见,在许多个清晨,他或许就站在我现在站立的位置,遥望东方,迎接一个个辉煌日出;一只蝴蝶飞过,他会丢下柴火,紧跟着追逐一回;仰望浩瀚星汉,他也会孩子气地揣摩一番吧,他是明亮的这一颗,还是遥远的那一颗……

理想去缔造生活的美好的人,一定无比热爱生活。

宁海虽然地处浙东山陬海隅,却向来崇尚读书。人不负书,书必不负于人,故史上大师、大家、大儒辈出——郑霖、叶梦鼎、胡三省、舒岳祥、方孝孺、柔石、潘天寿等等。

如今,由于科技的发展,阅读的方式变得更丰富,但小城文气依然,小城人崇尚读书的品质秉承如初。书的灵透、书的雅致、书的睿智,宛如雨露和清风,日润月濡,小城人的情怀和灵魂也便有了淡淡的书卷气……

读书是快乐的。有人说,将来可以用芯片植入等高科技手段获得知识,快捷而高效,我对此不以为然。王小波在《思维的乐趣》中就这样说过:"知识虽然可以带来幸福,但假如把它压缩成药丸子灌下去,就丧失了乐趣。"读书过程给我们的身心带来的愉悦和心智完善,是任何智能设施都无法赋予和做到的。

将目光再次投入洞中,我仿佛看到少年梦鼎倚着岩石捧书而读,他专注的神情欣悦而灿烂。

归云洞有些简陋,没有岩溶奇观、地下悬河,也没有令人仰止的摩崖石刻。但是我想,其实也不需要这些,因为,归云洞是让人缅怀和瞻仰的。

(2019.12)

深秀谷

　　林子十分茂密,碧叶重重,掩蔽着头顶一角蓝天,所以尽管山谷不深,天空却显出不一样的辽远。

　　四明山庄深秀谷,我不是第一次来。以前,多是陪着人或被人陪着来,这一次,作为"吃瓜群众"来观摩在山庄举办的一个演讲选拔赛,才有机会在将近黄昏时分走进这个有着深秀之美的小山谷,独享这份宁静。

　　从路旁的小径弯进,穿过一片小树林,所有的嘈杂都一下子被屏蔽在外了。一个人,不必在意陪着人或被人陪着时必需的谈笑、举止、步幅等等是否恰到好处,可以一心专注于脚下和侧畔:步道铺设的石块的拼接是否体现了匠心,一条斜逸的绿枝悄然拂过头顶时绵柔含刚的感觉,似有若无的一缕清香来自哪一棵草木……

　　流水淙淙不绝,偶尔有一两声鸟的啼叫,平添了山谷的幽静。不是了无声息死寂般的肃静,是鲜活的静,是有生命的静,是向深井中丢下一颗石子,侧耳倾听,在跌落、碰撞的回响中才会显示出的那种幽深的静,神秘的静,广阔而丰满的静。

　　贴着岩壁,有一座30平方米大小的水池。从上面泻下来的水在池子里稍事休息,便又匆匆流下山去。可我不明白,在这千米之巅的四明山峰顶,哪来日夜潺潺不竭的泉水?池子宽的一侧,是一排六七个墩子的"碇步桥",池子长的一侧,则是一座窄窄的栈桥,像浮在水面上似的。在这两座桥上来来回回踱着,思想也如这平静的池水表面,荡不起一丝丝的波痕。黄昏本来就是落寞的,而那几枚漂在水面上一动不动的叶子,仿佛一只只失去生气或者说不屑看我一眼的眼睛,把这样的落寞放大到了极致。桥栏上点缀着几处青苔,一只叫不上名字的小虫子在其上艰难跋涉,它一定是误入舛途,错将这当作锦绣大道了。

向下,探底,回身拾级而上。突然觉得,在生活中,陪着人或被人陪着的状态也是不错的,至少,说明你有陪人所应具备的资格条件或被人陪的应有价值;喜欢孤独,不过是失去了陪着人或被人陪的一种自我排解和宽慰吧。

小风吹过来,很清新,很凉爽。树干上系着不同形状、不同颜色的吊牌,凑近去看,是林木科普。反正也是消磨时间,我便一棵树一棵树地读起来。这是红果冬青:"冬青科,冬青属,常绿乔木。聚伞花序生于当年生枝叶腋,花淡紫红色,雌雄异株。花期5—6月,果熟10—11月。核果椭圆形、深红色,果实在树上停留的时间长,一般从当年的10月到第2年的4—5月。"那是紫叶李:"蔷薇科,落叶小乔木。观叶树种,叶片紫色发亮,宛如不败的花朵。适应性强,喜光,耐干旱瘠薄。"这边樱花:"蔷薇科,樱属,落叶乔木。著名观花树种,因原产日本,故又名日本樱花。喜温湿,喜光。四明山樱花种植面积大,品种丰富,具有'中国樱花之乡'称号。"是啊,每年烟花三月,春风催开一树树樱花,满山满坡宛如流霞浮动,一片粉黛新绿交织,美不胜收。那旁合欢:"又名绒花树。豆科,合欢属,落叶乔木。山东省威海市市树,寓意夫妻和睦,家人团结。喜暖湿,喜光,耐干旱瘠薄。"

缓坡上有一簇茂盛的灌木,细枝上也挂着一只吊牌,心里好生奇怪,便攀上去看个究竟,才知是高山杜鹃:"杜鹃花科,杜鹃花属,常绿小灌木,高可达1米,分枝繁密;花序顶生,伞形;5—7月开花,有较高的园艺价值。"应该是来得不是时候,杜鹃还未生花事,只有一团浓绿如墨,脑子里便幻想着红色或紫色的杜鹃花,植于庭院花坛中,或作切花瓶插,一定都是令人无比欢喜的小可爱、小清新。

回到山谷口,面前一树,其羽状叶片在淡薄的天光里显现出一片艳红,似一支熊熊燃烧的火炬 —— 是羽毛槭,吊牌上的文字这样描述:"飞羽着红如火凤,散入两道迎贵宾。"我一时愣怔在树的跟前,我的心仿佛被羽毛槭的"熊熊燃烧"照耀着,一派明亮。

这些树,就是这样默默地生长在偏僻的山谷中的。时光流转,云水千年,无论锦时花开,还是繁华落尽,都一如既往。

人生又何尝不应是如此呢?"陪着人或被人陪着"都好似花开有时,都是生命中的一段过程、一些环节而已。马尔克斯在《百年孤独》中说:"生命从来不曾离开过孤独而独立存在。"花开,不为之喜;花谢,亦不为之悲。不逐浮云,淡然得失,因为只有孤独是永恒的。

人,假如活成了树木的样子,应该是最自然的、最好的境界了吧。

有一些地方适宜独自一个人去,比如,深秀谷。

(2021.6)

暮枕半边山

处暑时节黄昏的半边山竟然如此令人惊艳。

我们驾车到达预订的酒店时,西斜的太阳在奔涌喧腾的海浪声中摇摇欲坠。

濒临东海的象山,拥有6618平方千米海域,海岸线长达925千米,其间更是点缀了36个百米以上长度的天然沙滩,有着"北纬30度最美海岸线"之美誉。大海,是小城象山最具生命力的存在。在象山石浦镇东端,一片低缓的山峦从陆地蔓延至碧波万顷的大海,岸侧危岩绵延高耸,形成了一个融大海、美礁、奇石、险崖为一体的绿色小半岛,这就是美丽神奇而又原始古朴的半边山。倘若从云朵的角度俯瞰,我们一定不难发现半岛形若一头麒麟,正涉水入海,"浪波沄沄去",仿佛意欲推波逐浪,横渡海峡。

沿4号自行车道经蛟龙沙滩,过外鹅头嘴,很快就到了半边山沙滩。我们来得恰是时候。此刻,光芒万丈的太阳与遥远的海平面正渐渐贴近,一派落日熔金的灿烂景象。我的右手边,一处从半岛本岛伸展出去的岩崖最东端的长山嘴,和左手边不远处的离岛屏风山岛,都涂抹上了浓一块淡一块的墨色,而圆圆的太阳愈发显得温柔壮观,它的下端一点一点地销熔在海水里,彤红似血。海面上金光闪烁,那耀眼的宽广无垠的金色明暗交织交替、渐次变换,呈现万千气象。驶入海湾缓缓移动的归舟,点点飞鸥,沙滩上的游人和景物都——成了落日霞光里的剪影，精致而生动。挺立在海边的半边山海礁，此时一身金辉，直面台湾，默默承受着一波又一波浪花飞溅的洗礼和喃喃倾诉……

关于半边山名称的由来，海峡两岸有许多美丽的传说，其中流传较广的一则是：黎山老母、观音菩萨、普贤菩萨、文殊菩萨四圣变化为母女4人，欲考验前往西天取经的唐僧师徒的禅心，结果不出所料八戒中招。3个女儿嫌八戒太丑都不肯嫁，八戒心急火燎："女儿不肯嫁，那就让丈母娘嫁给我吧！"那日成婚，八戒入得洞房，谁知根本不是什么阁楼绣房，而是荒山野岭。身上的新婚网衫竟是张箍拢网，越箍越紧，痛得八戒满地打滚。亏得悟空眼尖，看见云端上站着四圣，拉着师父扑地就拜，恳请四圣开恩。八戒又羞又愧，跌跌撞撞来到东海边，在锁门山又被门闩一绊，跌得鼻青脸肿，一气之下，八戒举起九齿钉耙将锁门山劈成了两半，并顺手把其中一半甩到了台湾基隆。象山民间的《风情歌》这样唱道："半边山，半边山，一半在象山，一半在台湾。本属一座山，八戒劈成山两爿，这里称为东半边山，那面称为西半边山。海峡两岸水连水，山连山，同文同种同江山。"

我的家乡是象山邻县的宁海。宁海民间故事中关于半边山的传说也是值得一听的一个版本。很久很久以前，宁海亭头港边有一个贫苦种田人，姓张，力大无穷，因长年累月以铁耙侍弄田地为生，故人称"张铁耙"。有一次，张铁耙路见不平，打死了横行乡里、恶事做尽的财主，被判了死罪。牢头赵大良同情张铁耙，伺机放了他，二人一同逃出县城，乘船出海。在海上漂了几十天，一日靠岸，一问才知是到了台湾。二人投军，屡立战功。数年后，张铁耙已是边关元帅，赵大良则做了军师。一日黄昏，二人在基隆营地里喝着酒，赵大良思念起家乡和亲娘，泪流满面。一旁的张铁耙深受感染，端起酒壶连饮了9壶，然后举起千斤大铁耙伸向大陆，只听得"嗨唷"一声吼，张铁耙一耙掘起半边大山，连同赵大娘一起拖到了台湾。

先前，每次听到这个故事，我都会想起余光中那首充满淡淡忧伤的《乡愁》："乡愁是一湾浅浅的海峡，我在这头，大陆在那头"，和他的另一首诗《春天，遂想起》："清明节，母亲在喊我，在圆通寺／喊我，在海峡这边／喊我，在海峡那边……"

而这一刻，太阳已然完全沉入大海，在一片黝暗清澄的海岸边，我真真实实面对的，就是壁立的山体上那九道清晰可辨的"钉耙齿印"。我知道，艺术的真实源自生活的真实，这些民间故事、歌谣，有艺术想象和创作的成分，但一定也是生活真实的一种情感寄托和表现。波雕浪琢，漫长的岁月悄然磨蚀、改变着壁上的"齿痕"，但永远磨蚀、改变不了两岸一家亲的事实。

半边山沉浸在苍茫无边的暮色里。当地前来陪伴我们的朋友介绍说，半边山这个千年渔村不但地处滨海自然禀赋独特，而且人文底蕴深厚，这里有徐福东渡的传说，昌国卫威震海疆的历史，戚继光抗倭大捷的战场……他不无遗憾地说，要不是行程安排得太紧凑，明天可以去看看炮台山、塘岗山，去看看庙湾嘴湿地、锁心礁，去看看药师大佛和老虎洞栈道……

回到酒店，告别前，朋友邀请我们下次再来，他一脸向往地感叹，什么季节来都是最好的时候，半边山定然不负所望！

他的描述充满诱惑，让人情不自禁浮想联翩。半岛的春天总是一副不紧不慢、不慌不忙的样子，草长莺飞，百花争艳，碧海之上云淡风轻，烟波浩渺。"潮来一排雪，潮去一片金"，后退的潮水在脚底下带着松软的细沙不间断地悄然流走，柔柔的，酥酥的，像微风拂过琴弦，似月光下落叶的一串沉吟。夏天的半边山是个绚烂迷人、活力和动感勃然迸溅的地方，云天蔚蓝，浪涛拍岸，海滩上，各色大小不一的卵石在阳光下泛着亮光，在海浪中滚出富有节奏的拖动声，侧耳倾听这自然的旋律，你会发现它是那样一尘不染，那样丰富而走心。到了秋天，有风欢快地从山间掠过，呼唤着那海边的红树林，这一大片挺水而生的丛林不知不觉由郁郁葱葱蜕变成了闪亮的秋黄,随波起伏。在霞光映照的日出或日落时分,宛如一块迎风抖动的织锦。而每当冬天来临,有些时候早、晚的云雾会显得异常浓重,那么朔风中,半边山那在惊涛骇浪中珠飞玉溅的海蚀崖,便会成为绝无仅有的海上奇观……

　　拉开客房的落地纱帘,是一窗闪闪发亮的繁星。是啊,半边山是令人期待的。尽管我无法确定以后来与不来,但至少可以把握当下,比如,暮枕半边山,听海入眠,期待明天清晨壮丽的海上日出。

(2023.3)

花岙岛上的星辰和流云

我不知道1.5亿年前的这里曾经发生了什么!

这里是花岙岛。对于拥有"北纬30度最美海岸线"的浙东小县象山来说,花岙岛是一个独具魅力的存在。

从金高椅村的轮渡码头摆渡上岛,我们在绿荫葱茏中驾车前行。我写这篇文章时已是3月下旬,省报上有人撰文说花岙岛上的油菜花开了,山海之间,那一畦畦金黄的、浅白的、嫩黄的、粉红的、橘红的、淡紫的油菜花,辽阔、明亮、灿烂,轰轰烈烈,游人穿行在随风摇曳的七彩花田间,仿佛置身于宫崎骏的漫画。我们是2月末上的岛,自然是与这一片铺天盖地、令人沉醉忘返的美丽景致擦肩而过了。

在离浅水岙沙滩不远的停车场泊了车,我们沿着铺了碎石片的傍山小路径直去看海上石林。阳光和暖,惠风和畅,林子里有鸟啁啾。花岙岛位于三门湾口的洋面上,本岛面积9.83平方千米,全岛主峰雉鸡山海拔308.6米,岛上自然风光和人文景观丰富,有"海上仙子国,人间瀛洲城"之称。花岙岛有36岙108洞之胜境,其幽洞极具魅力,有的潜入水下,深不可测,有的横穿山腰迂回曲折,洞洞相连,有的隐于山涧、草丛,成了飞禽走兽的乐园。这些洞中,最幽深、最险要的数黄龙洞。黄龙洞洞口不大,涨潮时半隐半露,退潮时才得以全部袒露,洞中奇形怪状的石笋、石柱、石树,或拔地而起或倒悬洞顶或旁逸斜出,恍惚进入一个神话世界。在花岙村前长满大米草的海涂上，有两棵屹立千年的古樟桩，恰似一对夫妇脉脉含情地对视着，旁若无人互诉绵绵衷肠，又哪知星辰起落，流云消长，不觉间天已荒地亦老。

岛上有规模宏大的张苍水抗清兵营遗址。张苍水（1620—1664），名煌言，浙江鄞县人，抗清名将、诗人，是南明流亡政府的兵部尚书，当年屯兵花岙岛名震朝野，康熙三年（1664）被俘，后断然拒绝了清政府的劝降，被杀害于杭州弼教坊，年仅45岁。柳亚子先生有诗赞曰："抱残守缺亦盛德，心香同热谢余杭。"兵营遗址面积1万多平方米，皆由乱石砌成，建有指挥中心、左右营房、暗道、敌台和水井等，背山面海，具有极强的隐蔽性和攻击性，在现存兵营遗址中很少见。

岛上还有五光十色的鹅卵石滩、千孔百穴的蜂窝岩、耕海为田的花岙岛盐场和"人家住在潮烟里，万里涛声到枕边"、无恶性肿瘤记录的花岙长寿村等等，都是令人驻足流连的去处。

当然，最让人为之震撼的，是那一片皑皑铺陈在浪花之上、被誉为"东南一绝"的石林。

转过一个山岙，到达花岙岛东侧海岸带，放眼眺望，以石柱瀑、石柱崖、石柱洞、石柱壁、石柱厦、石柱屿、石柱碑林构成的18万平方米的宏大景观群，在激荡澎湃的浪涛声中，以雄浑壮观得令人愕然惊叹的姿态倏然展现在我们的面前。

花岙岛海上石林柱状节理群属于已知世界三大火山岩原生地貌之一。柱状节理是沿火山通道侵出的酸性岩浆经缓慢冷却、均匀收缩产生垂直纵裂隙而形成，因酸性岩浆的不均一性以及黏度较大，从而形成以五边形、六边形为主的石柱体。直到现在，我都无法确定属于世界三大火山岩原生地貌的另外两个在何处，我在百度上查到了苏格兰的斯塔岛岩层、冰岛南部海岸的柱状玄武岩，但可能是图片而不是实景的原因，它们带给我的震撼和冲击远远不及花岙岛的海上石林。

当时，我被眼前气势恢宏的柱状节理群震惊到了。这些形成于侏罗纪晚期的柱状节理群石柱，据说有150万根之多，并且由于柱形、长短、色彩、趋向和所处位置的差异，构成了辽阔宇空下一幅幅极其罕见的壮美景象。你看这一边，陡峭的石柱一根嵌着一根，很平整地排列在一起，形成了高约30米、长约200米的石柱崖嶂，巍峨、雄峙。我的手指从石柱上缓缓抚过，我觉得，指肚轻轻摩挲而过的仿佛是一段段时间，或者说是叠叠错错的斑驳光阴，那瞬间的流光和亘古的礁石是如此厚实、凝重而生动。另一边，离岸不远处，千万根近乎直立的石柱组成了一个面积约3万平方米的石柱岛，海涛冲击，浪花盛开，石柱岛犹如一个一根根花丝细细密密耸立的巨大花蕊。

从山顶盘旋而下，转身仰望，那一边，粗大的六边形蚀柱，高低错落，矗立岸边，仿佛根根擎天柱，直刺蔚蓝色的苍穹。有朋友介绍说，当地人称之为"仙人指路"，但我想，这些石柱是有生命的，天地悠悠，它们面朝大海，仰望星空，在沉思，也在默默遥望……

我们常常用"巧夺天工"来称赞手作的精巧胜过天然，但大自然的那些山河杰作，比如，我国甘肃张掖世界地质公园的彩丘地貌，美国亚利桑那州的羚羊峡谷，西班牙北部的扎马亚海滩复理石岩层，澳大利亚西部小镇大约形成于26亿年前的波浪岩，以及约旦南部马安省的时光隧道等等，又有哪一处不是鬼斧神工、出神入化到令我们赞叹臣服呢！

通过摇摇晃晃的小栈桥，再下行，就是清水呑石滩。海风凉爽，像一股清泉滋润我的心肺。脚下是一滩的鹅卵石，大多有一个成年人两拳相扣那般大小，光滑美丽。稍高处的卵石是浅浅的棕红色，潮水一波一波地涌上来，卵石经海水打湿和浸泡后颜色就变深了，粗看是黑，拾起来才知道那是一种极致的红，是红极而黑。因此，石滩上便有了泾渭分明的两种色块，它们相依相伴，又彼此博弈、彼此消长。

世间的许多人和事又何尝不是如此。生活山长水阔潮起潮落，衰了容颜，改了模样，但那异化的或许不过是表象，真正老底子的个性和本质，莫不依然如故。

我循着两种色块蜿蜒的分界线一步三晃地走去。在偶尔抬头回眸这些石柱的一刹那间，仿佛一眼亿年，我再一次看见了时间，看见了花岙岛时间的起始、发展和演绎。时间流逝无须忧伤，我忘了是谁曾经这样说过，时间，正是因为拥有了丰满的生命才富有意义。生命是一座富矿。星辰明灭，流云变幻，花岙岛却生生不息，而所有这些自然的、人文的历史遗存，都成了时间的密码和永远不灭的记忆。

美哉，花岙岛！

（2023.3）

石头物语

一

时至今日，我仍然印象深刻地记得，20年前，宁波作家夏真在她的长篇报告文学《今日父老兄弟》一书中，这样描述宁海的路："宁海原来多卵石路。也说不出是哪一代老祖宗留下来的。当时肯定是为了省钱，因为宁海多山多溪，这种卵石遍地皆是……"

是的，那个时候，那些曲曲弯弯、充满了情趣的石板路、卵石路在城区的大街小巷和逶迤岁月里游来窜去，像一条条毛细血管四通八达，它们以敦实朴素的存在，在小县城的社会生活中发挥着独特的作用。即便是当年有着"宁海南京路"之称的中大街，也是一块块青石板作路面，两侧卵石垫坎"帮衬"的。当然，不仅仅是路，几乎所有四合院的道地、房屋的基础部分和矮矮的围墙、过溪的小桥等等，都有石板和卵石们的身影。

只是，我不太苟同夏作家"为了省钱"的观点，而是觉得，"宁海多山多溪"多石头之故，一来取之方便，取之不尽；二来是当时的水泥、钢筋等计划物资承担着更为重要的建设"任务"，又何况没有其他更适合用作铺设路面的材料，没得选择；三来是传统使然，那些有着数百年风尘历史的古道，现在偶尔还能一见其原本石板、石条或卵石铺就的样子，很实用。

宁海属滨海多山丘陵地区，是宁波市唯一的山区县。因此，无处不在的石头们理所当然地以不同的姿势、不同的形态、不同的方式，与在这一块土地上绵延生息的人们共同生活，相依相伴。

二

秋天，学校组织学生开展"小秋收"活动——到郊外的山上去采摘橡树的果子，俗称"柴籽"。城东小学居县城东南，所以城关东南方向的山峦就成了城东小学学生们的目标地。距县城2.5千米左右的石台山就是其一。

石台山不高，海拔仅200余米，坡也不太陡。坡上岩石相垒相错，出没在一丛一丛的绿树间，顽皮的男生们对班主任老师的警告充耳不闻，一会儿跳下这块巨岩，一会儿攀上那块石崖，长臂猴子一般灵活。

一处突兀的山坡上，有一双重岩，两块足有3米见方的巨石叠在一起，约5米高，巍巍然而立，自然造化，非常奇特。教语文课的班主任老师仰起头眯着眼问爬上双重岩的男生："看到上面一格一格的划痕了吗？"

男生趴在岩石上磨盘般转动着屁股，继而回答："好像有。"

这块石头又叫棋枰石，老师说。相传一日，南斗、北斗两位神仙在此对弈，一位长髯垂胸，一位皓首如银，他们手擎异香萦绕的酒壶，边弈边饮，怡然自乐。其时，村里一个正在山上砍柴的小伙子，看看太阳停在头顶，便放下柴担，拢了袖子在一旁坐看楚河汉界上的剑拔弩张。不知过了多久，小伙子下山回村，方知家中已历七代，物是人非。老师环视着身边招摇的野花，最后说，从此民间笃信"仙界一日，人间千年"一说了。

同学们听得一愣一愣的，十余岁的心里面充满了狐疑和惊奇。

这些是 40 多年前,我读小学高年级时的事,但记忆犹新,宛如昨日。

几年前有一次,我在西店镇后溪村登上与奉化邻接的桶盘山。山上巨岩垒石不少,仿佛创伤痊愈后的疤痕,这边一块,那边一块,古人曾赋诗叹咏曰:"峭壁岩常合,悬崖石自封""四壁岩封惊虎踞,三围石锁讶龙蟠。"周边村子里还流传着一段顺口溜:"香石庵后虎口岩,虎口岩后泰山岩,泰山岩边分水岩,分水岩过双象岩,最高处是三星岩,三星岩去千丈岩,千丈岩下幢幢岩,四圈岩石如城墙,宝石庵坐其中央。"可谓将山上岩石的分布讲得一清二楚。

桶盘山又叫龙蟠山,传说山上岩洞里曾住过一条独角龙,这独角龙横行乡里,祸害一方,百姓深受其苦,后来竟公然强抢民女姣姣女为妻。姣姣女心地善良,坚贞勇敢,设计斩杀了独角龙,为民除了害。百姓感恩,从此姣姣女的事迹在这一带口口传颂,后被改编搬上民间舞台,这就是宁海平调优秀保留剧目《金莲斩蛟》。

石头,是一个自然存在。

石头,又不纯粹是一个自然存在。

三

如今,让县域之外游客蜂拥而至的,当然不是石台山的双重岩,也不是有着美好传说的桶盘山,而是名闻遐迩的许家山石头村、伍山石窟和文殊道场。

许家山村起伏地铺陈在草木掩映的低缓山坡上,一片世外村居的平和与恬静。

站在村口或村后的山头上眺望,梯田环绕的许家山村就像一位青筋毕露、风骨犹健的老人,裸露的筋骨透着一股沧桑、一股撼人心魄的力量。微风中、阳光里,那些造型不一、处处散落的石凳、石梯、石窗、石阶、石道、石屋,无不散发着一种怆然、肃穆的感觉。这些石头究竟从何而来？有传是仙人背着一袋石头想造桥，结果天亮鸡鸣，就丢下没用完的石头，返回了天庭。

入村，踩着卵石或石板铺就的宽宽窄窄的巷道行进，听"哒哒"有声的脚步踏响，石头们蜂拥扑入眼帘。整个村子近6万平方米核心区、300多户大大小小密密匝匝的建筑群落，那些诞生于侏罗纪早期、质地坚硬的铜板石，经了700多年人间烟火的绵绵浸润，青铜色泽愈为浓酽，散发着温馨可人的光辉。它们或是棱角突兀、狭窄悠长，或是斑驳参差，仿佛在喃喃诉说着村落的悠远和那些漠漠时光烟尘中的人生故事。

置身这些苍黑、冰凉的岩石间，我们无须特意调动味觉和嗅觉搜寻，一块块石头的隙缝里无不飘逸着一鼻子热灼的烟火味：透过花格石窗往石屋里看，餐桌上是令人垂涎的"农家十二碗"，一家老少正在推盏举箸。扒在石墙头上，一定可以看到院子里一幅幅农耕人家的景象：有的在捣年糕，米的馨香一蓬一蓬地腾空而起；有的在做竹编，竹片或竹丝在他们手中转动、变幻，不多时，就编出了一把椅子，或一只箩筐，或一条可以于夏夜铺在石板道地上的竹席；有的在磨番薯粉，那白色的流汁和生活的甘甜像瀑布一样挂在磨盘上。还有驼着青柴的水牛踢踏而过的石板桥，荡漾着清冽甘泉的石井……

伍山石窟是古代采石场的遗存。这一带原是一片汪洋大海，松岙山、道士岩、不周山、缆头山和石兰山在汹涌的波涛中挺水而立。据考证，5座海拔不足百米的离岛是1.2亿年前火山喷发形成的，岩石兼有岩浆冷却凝固和碎屑沉积两种成因，故兼有岩浆岩和沉积岩的两种特性。石质坚韧，石色白净，石面光滑无疵，且石纹节理多见垂直而适于开采，是优质建筑石材。

据史书记载，伍山石窟始采于隋唐，在宋代形成大规模的商业开采。由于明初至嘉靖年间的倭寇侵扰和海禁政策，以及康熙年间的海禁迁界,石窟两度停产。康熙二十二年(1683)以后,社会繁荣,石材需求增加,又有大量开采。鸦片战争后因水泥建材的推广和发展,开采量有所萎缩,但至民国初年,伍山的采石工匠仍在1000人以上。

因为陪同朋友和外地客人,我去过伍山石窟许多次。每一次穿越一个个阴凉沁肺的洞穴,就仿佛走在凉凉的光阴里。

伍山石窟虽然没有岩溶奇观、地下暗河等景观,却也形状独特,千姿百态。有的峭壁陡立,鬼斧神工;有的横竖旁出,奇特俊秀;有的貌似狭窄,深入别有洞天;有的疑至绝处,转身柳暗花明。大洞套小洞,洞洞相扣;上洞叠下洞,洞洞相连;曲折回环,幽深莫测。有的积水成潭,碧水晶莹如琼,有苔绿隐约漂浮,不知其深几许;有的宽阔有如球场,一台宁海平调耍牙,"锵锵锵"地曾在这里再现传统地方剧种的精彩,倾倒无数观众!

我常常茫然无措地站在洞穴中,仰望这些似乎向我倾压下来的石壁,想象当年石工们开采、切割、搬运的艰苦劳作,剑飞兄在《人力之伟与人工之美》中描述的场景就浮现眼前:"叮叮当当,锤起锤落,灰粉飞扬。用碎石砌起的窄窄小径沿井壁一直延伸到宕底,矿工们从这里上上下下,采出的石材也是从这蜀道般的小径抬上来的。"于是,我觉得,在感叹"谁云鬼刻神镂,竟是残山剩水!"(张岱语)时,更让我深深感动的是那些羸弱清瘦的肩头,是他们无惧地担负起沉重、贫困生活的不屈之美、悲壮之美!

那些流水和时光在洞壁留下走过的一道道痕迹,一定也留下了一些鲜为人知的故事,让藤萝和青苔缘壁前来细细阅读……

从伍山石窟驾车出发,东行数千米,有一石窟寺,便是文殊道场。

我和妻子带着外孙女小月亮去拜谒,仲春的阳光明媚,像文殊菩萨的微笑一样温暖。

文殊道场的前身是兰头石窟,也是先人开采的遗存。石窟寺由佛像和摩崖石刻两大部分组成。全寺有 250 多尊佛像,造型细腻,惟妙惟肖。进洞迎面的石壁正中是坐在雄狮上的文殊菩萨像,高 21 米,东西两侧石壁上是东西南北文殊像,各高 9 米,合为五方文殊:东方聪明文殊、南方智慧文殊、西方狮子吼文殊、北方无垢文殊、中方孺童文殊。出石窟寺北门,左是财神菩萨,右为送子观音,观音像莲座高 18 米,为室内观音造像之最。山南,东有药师佛,西有阿弥陀佛、普贤菩萨。

与别处不同,石窟寺的佛像、骑兽和如霓的云朵都没有上釉着彩,而是保持了岩石青灰的本色,整个寺窟于是浑然一体,庄重高雅。那天,小月亮正好穿了一件红色的外套,阳光从山的豁口处照进来投在她身上,庄严的佛和天真的孩儿面,一片无边的青灰中一点艳红,强烈的反差却尽显协调与谐和。

佛像背后的山体边缘依旧保持着采石后留下的不规则的棱角相错的样子。一些未经开采的自然山体,就紧紧挨着佛像,山上那些树木的青枝绿叶向着佛像伸展过来,似乎是想着要抚一抚佛像,沾一沾佛气……

四

自然世界从来不是独立存在的。

与人类社会长期共存,石头必然有了社会属性,而石头又反过来潜移默化地影响着人的品德、情感和理念,人便也具有了石头的某些秉性。

在宁海这块古老的土地上,石头赋予人们最突出的品质恐怕莫过于"台州式的硬气"。

建文四年(1402),燕王朱棣攻破南京,命一代大儒方孝孺起草即位诏书,方孝孺接过笔,扔到地上,骂曰:"死即死,诏不可草。"朱棣顿时发怒,说:"汝不顾九族乎?"方孝孺愤然作答:"便十族奈我何?"不屈淫威的豪迈强硬之气溢于言表。

当弟弟方孝友行将就戮时,方孝孺不觉泪如雨下。方孝友却从容吟诗一首告慰兄长:"阿哥何必泪潸潸,取义成仁在此间。华表柱头千载后,梦魂依旧到家山。"

还有"左联五烈士"之一的柔石。柔石原名赵平复,取老家附近小石桥上镌刻的"金桥柔石"中的"柔石"二字为自己笔名,蕴坚韧如石之意。

1919 年爆发的五四运动,对柔石产生了深刻的思想影响。"三一八"惨案后,黑暗的现实促使他的民主主义思想进一步发展。1928 年在上海,柔石经人介绍结识了鲁迅先生。1930 年 3 月,"中国左翼作家联盟"成立,柔石被推选为执行委员;5 月,由冯雪峰介绍加入中国共产党。次年 1 月 17 日下午,柔石去东方饭店参加党的会议,因叛徒告密被捕。在狱中,柔石坚贞不屈,英勇顽强,视死如归,最后被国民党反动派秘密杀害,年仅 29 岁。

一代国画大师潘天寿先生也深受石头的熏陶。少年时代家乡相见岭、马兰岭和雷婆头峰上的岩石,给他留下了不可磨灭的印象,他曾对友人说:"我是雷婆头峰上的一块石头。"故先生喜画岩石,用极简括的笔墨画巨大的岩石。他的许多巨岩画作,画面磅礴大气,着力千钧,力透纸背,所以人称"潘公石",黄宾虹先生曾赞其"笔能扛鼎"。

潘天寿先生爱用"强其骨"的闲章。岩有风骨,风骨硬朗,正是先生刚正不阿的品质在画作中的外化体现。

今有梅林街道河洪村的"宁波第一寿星"朱土花(1905—2016)。村民给她起了一个绰号,叫"石柱",其含义有二:一是形容她身材矮小敦实,二是形容她勤劳吃苦。她的家庭一度发生变故,但她凭着"石柱"般的毅力和精神,挺起腰杆,勤俭持家,帮助 3 个儿子成家立业。河洪村长寿馆将老人对子孙后人的教诲整理成"何门朱氏家训",其中有句:静以修身,俭以养德,……勤耕苦读,力图进取。

……

石头坚不可摧、志不可夺的品质传承千年,已经深深地厚植于宁海人的灵魂。

几年前,宁海县进行了一次"宁海精神"推选,其中就有"硬气"一条。

铁骨铮铮的硬气精神值得继承和发扬。

(2020.1)

第二章 Chapter2 **写意生活**

带你一起飞

甬新河东岸的一处绿化带中,有一组材质闪亮的镜面不锈钢雕塑,每一次从旁经过,我都有一种飞翔的感觉。

那是一组自行车骑行主题雕塑,写意的构造,流动的形态,5位年轻矫健的骑行者迎风压低身段,曲臂弓腿,姿势充满力度和蓬勃气息。旁边草地上镶嵌着一块铭牌,书曰:带你一起飞。

正是6月中旬,河面水波轻柔,岸畔微风徐徐,天地间一派明丽清新。面对雕塑,我不由想到第72届联合国大会在2018年4月通过的一项决议,宣布每年的6月3日为世界自行车日。

联合国大会的决议认为,已经使用了两个世纪的自行车具有独特、经久不衰和多功能等特性,是一种简单、负担得起、可靠、清洁和环保的可持续交通工具;自行车可作为一种发展手段,它不仅是交通工具,也可作为普及教育、保健和从事体育运动的工具;自行车和使用者之间的协同增效作用,可培育创造力和社会参与意识;自行车是可持续交通的象征,传播了促进可持续消费和生产的正面信息,对改善气候有积极的作用。

老高名尔健,是一个军转干部,曾经和我在一个办公室坐了整整4年。他高大壮实,体魄强健,是一名户外运动爱好者,一到双休日或长假,你就可以在朋友圈领略他徒步、攀登或骑行的风采。他曾经日骑行100多千米,也曾和"骑友"从巍巍括苍山下向上骑行,用轮子爬坡,把一腔豪迈挥洒在海拔1000多米的巅峰之上。

　　当然,这已属于颇具专业性的高强度体能锻炼,世界自行车日所倡导的骑行,则是一项适合大多数人的有益于健康和塑形的低冲击有氧运动。我曾经看到一则新闻,英国的"今日医学新闻"网站发布了一项研究成果,表明骑车可以为健康带来许多益处。一是心血管健康。2017年研究发现,骑车上班的人心血管健康可得到有效改善,除了患心血管疾病的风险降低46%外,死于心血管疾病的风险也降低了52%。二是血压健康。骑车可以在一段时间内帮助降低血压。研究指出,在骑行3个月后,骑行者的血压可能会降低4.3%,6个月后会降低11.8%。三是体重管理。骑车可以提高新陈代谢速度,增强肌肉力量,并燃烧体脂。有证据显示,强度适中的骑车运动每小时可消耗300卡路里。四是肺部健康。2011年的一项研究指出,每周骑行170—250分钟可大大改善肺部健康。五是心理健康。一项涉及100万美国人的调查显示,骑车等锻炼方式与心理健康的改善存在关联,此外还有助于减少焦虑和抑郁。

　　在这些理性的研究分析和数字后面,我们可以触摸到骑行运动对我们人类健康的深情呵护和支持。

　　两年前的夏天,我们一大家子十几口人在上海玩,要出去吃晚饭,酒店到餐馆的这段路程说长不长,说短不短,怎么办?外甥提议,老、少和女士打车,男士们选择共享单车。大家一致叫好。

　　跨上自行车,一种久违的感觉从脚底触碰到踏板的那一霎间生发开来。是啊,已经有多少年没有骑过自行车了?早些年在家乡县城工作时,上下班都是步行的,倘若外出办事,有公车和满街飞跑、招手即停的出租车、三轮车,后来自己有了小汽车,即使是去很近的地方,也会选择开车,这样估摸,有20多年没碰自行车了吧。

　　好在怎么骑车是不会忘记的。我跨上车子,一蹬脚就飞离而去。起初有点生硬,后来越来越顺畅。我们骑行在长宁区的老街,街不宽,过往的行人也不多;街两边是一棵一棵有些年头的大树,枝叶繁茂,一些阳光零星地透下来。在空寂的街路,我加速,我觉得身边的一切都在急剧后退,我仿佛真的飞起来了……

目的地很快就到了,大家都有些意犹未尽。

短短的骑行过程带给我最大最深的感受是由衷的快乐。是的,是快乐,一种被释放而又注入、打开而又抵达、累而爽的快乐。

掬水月在手,弄花香满衣。生活中,有很多方式、活动可以让我们获得快乐,不过今天,我真诚地向你推荐骑行。

(2022.6)

飞 雪

不知道,洁白的雪花今冬是否会婀娜地飘下来,落在望眼欲穿的江南?

雪花飞扬时,像小鹿一样乱窜的童趣也漫天飞舞,把许多老人浑浊的眼眸刷得清澈如初,居然使他们看见了久违的年少时雪中的追逐和打闹;在小院,在公园,在一处处散发着蓬勃活力和热情的地方,有人堆起雪人,堆起了让人忍俊不禁的欢笑;那些晶莹的思绪"忽如一夜春风来",飘飘洒洒,之后凝结成珠子般的性情文字,深情款款地出现在晚报的副刊上……

雪是冬日的独特印记。下雪,是自然赋予的一场欢乐、甜美的情感沐浴。

每当站在窗前看雪花飘飞,"风吹雪片似花落","漠漠复霏霏,东风散玉尘",我的心中也紧一阵慢一阵地翻卷着。

雪花轻盈,以纷纷扬扬的姿势下坠,数千米之遥,仍然"点点无声落瓦沟",轻似烟尘。曾经看到过一组数据,5000—10000朵雪花才有1克重,1立方米的新雪竟需要60亿—80亿朵雪花,实在是轻微至极。但纵然如此,点点杨花,片片鹅毛,雪连绵下着,下着,在微弱苍黄的天光里飞卷,不止不息,当大地一片白雪皑皑,看似轻微的雪花便有了力量,可以压折树枝,压弯钢缆,甚至压垮瓦屋!

任何微弱都不容小觑,滴水可以穿石,蝼蚁可以溃坝,积跬步可以至千里。

雪花在零下15摄氏度的高空生成。生成之初,不过是一粒粒小小的树枝状冰晶,但它们丝毫没有犹豫,义无反顾地向着地面出发。

这不是一次简单的坠落。冰晶应该是知道前途茫茫充满变数的,深冬季节更为恣肆、凛冽的寒风,转瞬突变的湿度和温度,都将是它们命运之途必须承受的坎坷和劫数。但它们别无选择,因为这是它们成为雪花的必由之路。

冰晶在坠落。这真是一个令人惊叹的神奇而复杂的衍变过程:水分子结晶时彼此之间形成的弱氢键,以吸引力最大化、排斥力最小化的结构排列,促使水蒸气在冷空气作用下围着它一层又一层地凝结,晶核从中央向外一点一点扩大,其形态在莫测的飘摇降落中不断改变,不断修复和完善,直至自我追求的梦想实现——成为清晰的六边形的图案精致的雪花!

"是的,那是孤独的雪,是死掉的雨,是雨的精魂。"(鲁迅语)雪花翩翩飞舞,无风时安静而轻盈,微风里隐约而灵动,大风中潇洒而飘逸,是原野上最气势恢宏、瞬息万变的多幕剧。

初雪落地时,一下子就融化了,但雪花们却无所畏惧,前赴后继纷纷而下。

我猛然意识到,冰晶终于蝶变成雪花的那一刻,也正是它们行将消融的时刻。那么,明知此去万劫不复,却依旧毅然决然地一路欢舞、一路绽放、一路坠落,竟只是为了成为雪花,为了在最后一刻把美丽的盛开呈现给人间世界,迎接春天?

"地白风色寒。"雪,是大自然的真情告白。飞雪纤弱,蕴含的启迪却是沉甸甸的。

下雪时,想必任何人都做不到无动于衷。

(2019.11)

赶　集

农历庚子年腊月廿五,去赶集。

六点半余从县城出发,约半小时车程。我们驾车抵达桑洲镇时,清溪两岸早已是人声鼎沸。

乡村集市的时间各地不同,农历三六九、一四七、逢五逢十的均有,皆民间约定俗成。这种数日一次、乡村生活中不可或缺的简单直接的商贸活动,在我国历史悠久,是最具中国特色的民俗民风之一。在陕西商洛,有一个叫流岭槽的小村庄,随着时代的发展变迁,现在来村里赶集的人已稀稀落落,不比以往,但这儿的集市却有着百年历史。四川凉山,从普雄站始发开往攀枝花的5633次"小慢车",最低票价2元,与其他列车不同的是,鸡鸭鹅和应时蔬菜都可以上这趟列车,而且列车的11、12、13号车厢是专设的流动街市车厢,老百姓既乘了车又赶了集。与桑洲镇相邻的千年古镇前童镇,"家家有雕梁,户户有活水",以明清时期江南民居原版之独特和国家级非物质文化遗产——元宵行会而名闻遐迩。农历十二月廿七,前童镇会举办一年中最为热闹的一个集市,因在前童上黄洋开铺设市,俗称"黄洋市"。这个在宋时由当地村民自发形成的集市,曾吸引三门、天台、义乌等地的商贩、农户前来参与,且历500多年依然红红火火,并成为当地传统民俗文化的重要组成部分。

乡村集市是一幅幅鲜活的现代版《清明上河图》。

桑洲镇是逢五逢十集市。妻子早就念叨着去，买点土猪肉，用盐腌一腌，放冰箱保鲜格，炒菜、蒸蛋均可，又香又好吃。因我在宁波工作，只双休日回来，故难得凑巧，一拖正好拖到了年前的最后一个集市日。

我们从右入口进去，一下子就淹没在川流的人群里。

桑洲镇地处县域西部山区，故集市中"山珍"居多，有放山鸡、山羊、黄牛肉等肉类，蘑菇、木耳、香菇等各种菌类，还有笋、竹产品。有竹篮、竹畚、竹椅、竹扫帚、竹扁担，居然还有以前大灶大锅上蒸用的"羹杠"（宁海方言）；笋也不少，有笋丝、笋片、笋鲞，羊尾笋，清汁笋，小包咸菜笋，刚刚刨出土的圆嘟嘟的冬笋等，有的可即食，有的可作食材。这一带乡镇最负盛名的麦饼、米筒和豆制品也是一摊接着一摊，生意忒好。其他市场里白豆腐论"方"[1]卖，每"方"四五元钱，这里却论斤称两，一"方"大小的白豆腐要卖近 10 元，价格虽翻了一番多，但买的人却挤成一堆，七八只手"张牙舞爪"地一齐伸到卖家面前，生怕卖光了。近旁的摊位在打冬米糖，铁炉上大锅里的麦芽糖已融化成黄褐色的浆液，"咕噜噜"的气泡在液面上破裂，一阵阵浓郁的甜香飞腾起来，散入人群。等到糖浆的颜色由红变深并越来越浓稠，候在锅边的师傅提铲子撩起糖汁，糖汁会像牵丝般滴下时，师傅嘴上喝声好，一边赶紧撤去炉火，一边将事先炒好的冬米倒入锅中，反复搅拌到冬米抱紧成球时，出锅倒在案板上的定型框里，不待凉便夯实、压平，"嚓嚓嚓"地快刀切成小块。

再往前有卖蜂蜜的。清晨的阳光下，装在一只只杯子状玻璃瓶里的蜂蜜清而晶莹，纯而透亮，呈现出琥珀般的光泽和质感。卖家见我迟滞着，忙说："这是油菜花蜜，纯天然的。"听他一说，我的眼前便浮现出桑洲南山的那片油菜花海。每年 3 月，南山 3000 亩油菜花

---

[1] 一方大约 8cm×8cm×7cm。

渐次开放，一望无际的明黄鲜亮的花色在线条抽象的花田里微微起伏，如一块块大幅的金黄织锦，层层叠叠，从山脚盘到山顶。一切都"沦陷"在菜花里，一处处草莓粉红、蔬果娇嫩的白色塑料大棚，错落的村舍，以及一片片新绿葱茏的草木；一缕缕沁脾的幽香，让在花海中舞蹈的蜂蝶迷恋而沉醉；远远近近，在城里蜗居了一个漫长冬季的人们结伴而来，把南山挤了个水泄不通……

"喂，让一让，让一让！"一个汉子费力地提了一只很大的竹编鸡笼，从人群中挤过来。

"一会儿辰光就卖完啦？"有人问他。

"也不多，就十几只鸡。"汉子一脸欣喜，应答道，"我再去捉一些来。"

当然，赶集的人也不全是满载而回的，我前后左右看了一看，空着手或只是拎着一些糖果蔬菜小件，在人群中挤过来挤过去"白相相"的也着实不少。人们赶集，赶的不尽是货多、货全、货新鲜，而是一种气氛，一份心情，一缕在心底私藏了整整一年或更长时光的回味和期盼。

正这时，爆米花摊子那儿传来一声巨响，一团白气随即倏然蹿上半空。一个老妇仿佛受了惊吓般轻轻抚着胸口，眯眼仰望那团不断飞升、扩散开来的白气，喃喃自语："这是过年了啊！"

我的心"扑腾"了一下。几天前，单位的同事还在感叹，以往过年，缺的是年货，不缺年味；现今过年不缺年货，缺的是年味。回头我要告诉他们，在乡村，在集市，在这熙熙攘攘的人群中荡漾开来的不就是浓浓的年味嘛！

（2021.2）

食堂里的乡愁和感动

一个人"漂"在宁波,生活上最离不开的是食堂。一日三顿,少一顿恐怕都是不行的。

说实在话,我们食堂相当不错。窗明几净,环境舒适。早上的白粥稀稠正好,面条绵软,最是养胃;中餐有自助的,有面点,有花色小吃,萝卜青菜,各取所爱;冬天,晚餐的时候,选择一个小火锅吧,可以驱除囤积了一整天的瑟瑟寒意,温暖一下劳累的心情。

那天,二楼的回廊多了一些易拉宝展架,一幅一幅,介绍的是立夏时节传统的民俗和民风。看着看着,那一瞬间,我觉得时光逆转,仿佛回到了无忧无虑的少年时代。记得那时候,立夏的前一天晚上,母亲会在锅里布好鸡蛋,满上水,加茶叶和适量的盐,然后放在煤球炉上用小火煮,煮熟后,封掉炉子,却让蛋锅坐在炉上过夜。第二天早上,从热气腾腾的锅里捞出来的鸡蛋,蛋身褐中透亮,茶香扑鼻。到了学校,班级里是别样的热闹。男同学们从口袋、书包里摸出一枚枚茶叶蛋,相互挂蛋。挂碎了蛋壳的,就好似找到了开吃的理由,立马剥开了吃。挂赢了的,就会以胜利者的姿态,骄傲地举着蛋,寻找下一个对手。女同学们却喜欢把茶叶蛋装在针织的彩色网兜里,晃晃悠悠地挂在胸前。一些调皮的男同学会趁女同学不警惕时,挂破她的鸡蛋,若惹的是性情率直的女同学,她一定会愤而追打,在教室里带起一阵阵闹猛的笑声。放学回家,隔壁的大哥提了一杆大秤,招呼着"来来来,给你称称几斤重"。奔进厨房,揭开锅,母亲做的却是土豆饭,那个香,让我到现在都觉得还萦回在鼻翼和心头。

每当重要的节气,食堂都会举办一些小型活动。快到春节了,书法家们在回廊上摆开架势,泼墨挥毫,一副副红红的春联,一幅幅端庄的"福"字,传递着浓浓的年味。元宵时,回廊里挂起五颜六色的纸条,上面是一条条谜语,"春后秋前溢芬芳"打一字、"穿着雨衣打伞"打一成语、"为人要直"打一字,等等,让像我这样笨的人伤透了脑筋。端午到了,摆放的是几组桌椅,香囊编织教学、艾条手工制作、包粽子体验,乡俚乡俗,意趣无限。我站在人群中,看大家猜谜,做做这个、做做那个,随手拍下大家开心的样子,发到朋友圈,分享这份快乐。

有一天,食堂发了一个月饼,我就知道明天是中秋了。回到办公室,便给妻发了一条微信,让她安排两边的老人吃一顿团圆饭,妻回微信:"那还用得着你来操心?"那天晚上,我一个人待在办公室,看窗角边挂着的那轮满月的清辉洒下来,照亮了错落的大厦,照见了我心底的思念……

如果离开饭还有一些时间,我会在二楼的"知新书吧"翻一翻《读者》,或者到设在地下一层的新华书店去看看新一届茅盾文学奖得奖丛书有没有到,我喜欢的那些作家有没有新著出版。此外,食堂回廊的展架上的内容总是在不断地更新,可以让我在等候中获得许多新知,比如有关社会主义核心价值观的,有关依法行政的,有关低碳生活的,有关交通文明出行的,有关垃圾分类的……

我常常会在展出的摄影作品前长时间驻足,无论是反映"五水共治"、新城建设成就的,还是展示自然风光的,都让我觉得美好,让我由衷欢喜。你看,那幅是鲜艳明丽的霞光下,市民在绿树掩映的公园里散步、小憩的"黄昏";那幅是清澈的小河边,少年的笑脸和他甩起的水花飞溅的"盛开";那幅是白鹭在涟漪荡漾的水面上,振翅翩跹起舞的"芭蕾";那幅是沾在花蕊中,晶莹剔透的"甘露";那幅是曙色里,高网林立,一片金红醉人的"滩涂上"……无不美得令人心尖儿打战,美得使人深深感动!

　　当然,最使我心中难以平静的,还是那些"身边的感动"主题展中的人物事迹介绍。一位普通的机关干部,她50多次来到黔西南、黔东南贫困山区小学和市内的一所所农民工子弟学校,把自己全部的热忱与爱心奉献给那些需要温暖、鼓励的孩子;一位女民警,18年来一直关爱留守儿童、贫困儿童和进城务工人员子女,执着地用爱心为这些儿童点燃希望之光;一位"旅游维权路上的老黄牛",她在受理旅游消费者投诉的工作岗位上,12年来始终如一地坚持爱心、恒心、耐心、真心和信心,为风正气清的旅游环境付出了可贵的认真;一位服务中心的公安干警,他把服务办事群众当作使命,像雷锋那样忠于职守、爱岗敬业,每年办理上万件事项无一投诉;1980年,一名少女带着一粒种子能改变一个世界的绚丽梦想,执意要当一个播种者,30年来,她把心血和汗水洒向挚爱的泥土,把致富的希望带给农民;他是一位"停不下来的工作者",他所追求的是执着、务实和几十年如一日的坚持,常常在办公桌前一坐就是七八个小时,甚至连生病的时间都没有,有一次他抽空去医院做了一拖再拖的皮脂腺囊肿割除手术,当天下午就又回到了办公室……

　　这些事迹虽然平凡,虽然微不足道,但我真切感受到了深蕴其中的美丽和力量!那始终不渝的执着坚持,那春风化雨的大爱情怀,那不计得失的无私奉献,那初心不改的坚贞忠诚,正如天上的星星,小而明亮如炬,也如绿满天涯的青青小草,小而感天动地!

　　我觉得,我们食堂既是物质的补给站,也是精神的加油站,真好。

(2016.6)

水街偶见

连日雨缠绵,忽地就晴了。窗外上午 9 点钟的天空,布满了明媚耀眼的阳光。

我心里惦记着甬新河边的那些柳树,便起身出了办公楼。我知道,才过惊蛰,离"万条垂下绿丝绦""拂堤杨柳醉春烟"还有一段时日,但一定可见"嫩于金色软于丝"的萌芽点点。

甬新河细波缓流,不湍不溅,耳边却是"哗哗哗"水的欢歌。疑惑间一转身,面对的正是水街。镶嵌在水街街面的街池,有两个,东西一字排开,两池之间江澄北路穿越而过,东边的街池长近 200 米,西边的一个长 100 余米。我曾用脚步丈量过宽度,应该有 40 米左右。此刻,东边街池一支支喷泉壁立而起,哗然一片。我生怕喷泉突然停止,一路快步前去,倒像合着戏曲里的锣鼓经"急急风",毫不顾及失了一大把年纪的稳重。

池里的 4 组主体喷泉,都是笔直向上喷射。中间 2 组水柱高约六米,水柱到达顶端便散开来,水珠跳跃,犹如盛开的花朵。外围零散的一些喷嘴则是不规则地斜射,喷射成一幅幅扇面状,像一瓣瓣硕大的花瓣。所有喷泉水柱达到设计高程后毅然坠落下来,于是喷珠溅玉,水雾蒙蒙,一片喧响。喷泉整体让人感觉有点"素",一是水街周边都是写字楼,正是上班时间,没有播放音乐营造氛围;二是白天没有灯光点缀,少了花团锦簇般的缤纷和变幻。但,一池的洁白纯净，不俗，很美。

　　一个环卫工人骑在装运垃圾的小三轮车上，举着手机拍照。突然，她惊呼了一声："我看到彩虹了！"

　　我也看到彩虹了。我发现，彩虹是从烟波激荡的池面形成的，开始是小小一截，然后慢慢往上长，像不断得到了加持，延伸，拱起，不多时就飞越在喷涌的水柱间。这道迷你型的虹彩，在洁白迷蒙的水雾中一会儿隐约，一会儿明朗，令人叹为观止。

　　很多人惊喜地围过来，在池边抢拍眼前的精彩。

　　街池的东边，是一尊高高的银色不锈钢雕塑：一群鱼儿争先恐后地从高处俯冲下来，激起一支支珠飞玉溅的水柱，构成3对既错开又错落的"V"字造型。我离开人群，独自移步过来。雕塑在阳光下闪闪发亮。地面上嵌着的一块铭牌告诉我雕塑名为《飞·凡》："浪儿起，鱼儿飞／海水连天日，蓄势待发时／天地自有天地的飞凡。"站在这个角度，看水花飞扬背景中的雕塑，只觉得那些钢制的鱼儿活了……

　　不觉时，喷泉戛然而止，水的演绎、水的欢歌也戛然而止，虹彩顷刻间去无踪影。

　　水街复归宁静。街两边高高的写字楼、蓝天和云朵，又一一落进镜子般的街池里。人们三三两两，伫立、行走，或伸腿展臂作运动状。水街广场上有不少大大小小供人憩息的石凳，有圆形的，有椭圆形的，有黑色的，有灰白色的，像一枚枚围棋棋子；一些人坐着，又似国际象棋的棋子。一个五六岁的小男孩在放风筝，风筝怎么也飞不起来，但他毫不气馁，跑过来，又跑过去。骑小三轮车的环卫工人环视了一圈广场，缓缓地消失在支街的那头，哦对了，我看见她在微笑，那是简单的、安闲的微笑……

　　生活的任何一个剖面，都是一个时代的真实写照。此时此刻，我所看到的，正是我们这个时代的和美、安康和幸福，最平常，也最珍贵。

西边的街池没有安装喷泉设施,却修了 4 只长方形的小花坛,仿佛是浮在水面上的。此时花坛里空荡荡的,只留有一层青黄相间的草的根部。花坛里原本是有绿植的,那绿植像竹,却没有竹的修长和飘逸;似芦苇,但在万物萧瑟的深秋,又不见一朵朵、一簇簇芦花似雪飞,只是一味的青绿。几天前,我从这里经过,看到两个花工在砍花坛里的绿植,便上前去问:"这是什么植物?"

"是旱伞草,或者是芦苇一种?我们也说不清。"

"那砍掉后种点什么?"

"不种。把根留着,就又长出来了。"

人们常说,人生一世,草木一秋,其实真的是错了。人生只有一世,而草木则不然。"野火烧不尽,春风吹又生""东风随春归,发我枝上花",又岂止一秋!"花有重开日,人无再少年",人生是一趟有去无回的单程车,如果我们错过了一个春天,有时候错过的很可能就是整整一生。

那天,我把这些感慨都记在了本子上。

我没有重返柳丝拂堤的河畔去问柳探春。我明白,春色,不只是在"翠线晴风绽柳芽"上,在河堤沿岸姹紫嫣红的草花花瓣上,人世间所有的人、事、物,都会因为其足够美好,而成煦然春色。

(2022.3)

踏 月

假如从水街走过,最好的时间段应该是在沉静的月夜里。

这时,四周高楼上很兴奋地不断跳跃变幻、缤纷闪烁的墙体霓虹灯已"累"得懒得再动弹一下,纷纷偃旗息鼓。低处的路灯也明显乏力,只剩一团光晕,孔明灯一般,飘浮在各式裙楼之间。月光却是无比的清泠,如水倾泻,落进街池,但不见一丝的激溅,倒是那一轮中秋的圆月,映入如镜的池水,温润似玉。

独自一人,徐徐而行,一步步都仿佛荡漾了月色,在脚边生出一圈一圈的涟漪。

老上海流行中秋之夜"踏月"的习俗。晚清思想家王韬在著作中有记述:"夜间妇女盛妆出游,互相往还,或随喜园亭,人静更阑犹婆娑月下,谓之踏月。"清人沈复在《浮生六记》中也写道:"吴俗,妇女是晚不拘大家小户皆出,结队而游,名曰'走月亮'。"这其中缘由,和"照月得子"的风俗有关,寄托着古代人对于子嗣繁衍、家族延续的美好愿望。但是我更愿意相信,在这"月光千里白,秋色一天青"(恒山楹联)的时刻,又有谁会不乐意走出憋屈、昏暗的小屋,披上皎白的月光,俯仰之际睹物生情、思人寄念,让积攒了许多时日的俗虑尘怀爽然顿释呢?

水生风情,月孕情愫。在江南水乡苏州,人们最是喜欢"石湖看串月"。当月亮偏西时洒下的光辉透过了九个环洞,直照北边的水面,这时候,波光粼粼,你便可以在石湖水面上看到一串月亮的影子。为了一睹这一年一度的胜景,游人们租船、占位,在掺和着幽幽桂花香的舒爽秋风中等待着。"夜半潮生看串月,几人醉倚望河亭""满载一船秋色,平铺十里湖光",这样的景致,如何不让人沉醉啊!倘若意犹未尽,"那就折一张阔些的荷叶／包一片月光回去／回去夹在唐诗里／扁扁地,像压过的相思。"

当然,此时此刻的水街,水和月兼具,同样让人沉醉。镶嵌在水街街面的街池,有两个,东西一字排开,一个长近200米,另一个长100余米,我用脚步量了一下宽度,应该在40米左右。没有风,池水平净如镜,旁边的楼宇、霓虹和中天的月亮都坠落在里面,恰似两幅写实水彩画。风在流窜,水面便起了皱,把潜在池底的月亮遮掩了,月光却是憋不住的,一串串从水底下"咕噜噜,咕噜噜"地透上来,在水面上泛卷起无数欢蹦乱跳的碎银般闪闪的光点。街池的东边,是一尊高高的银色不锈钢雕塑:一群鱼儿争先恐后地从高处俯冲下来,激起一支支珠飞玉溅的水柱,构成3对既错开又错落的"V"字造型。雕塑名为《飞·凡》,月光之下,情景更为契合。街池的西端与在夜色里像梦一样湍流无痕的甬新河相接,我猜想,那河肯定是池水们无法拒绝的诱惑,所以每当降雨,池水们就会满溢出来,迫不及待地奔向这一条涓涓不息的自然之流……

在东部新城金融中心这一楼群密集的区块里,水街,是一个令人惊喜的存在。

月亮之下,碧水之上,我不由想起贾平凹的一句话:人生得也罢,失也罢,要紧的是心中的一泓清泉不能没有月辉。又想起一个人,一个低到凡尘中的伟大的音乐家,他没有左眼,没有右眼,却有着旷世才情和气质,七十多年来,一曲哀婉的《二泉映月》,让那澄碧的泉水和明月永远荡漾在了一个民族的心上!

踏着月辉,心,仿佛被这盈盈可掬的月光一波一波地浣洗着,变得率真而明净了……

踏着月辉,走着走着,不知不觉就走进了风、雅、颂,走进了唐诗和宋词深邃的隽永,那么你一定会觉得,那些平平仄仄中的千古情怀,仍然新鲜如初。

踏着月辉,其实也无须非得有与月邀约排解的情结,不思不想,无所知无所觉,一路默默然而去,又何须在乎"今夜月明人尽望,不知秋思落谁家?"

踏月去,在每一个明月千里的夜晚,水街都会别有一番美意地静候着。

(2019.9)

微 笑

5月的第8天是世界微笑日。这是唯一一个庆祝人类行为表情的节日。

嘴角微微上扬,轻抿的双唇呈彩虹倒映般美丽的弧度,面有喜态。微笑,就这样平常和简单。

生活中许多时候,我们都在欣欣然接受微笑,也充满友善地送出微笑。相见满面春,这样的微笑,纯净、真诚、温暖,一如柔柔的轻风。

因此,微笑入诗入画,成为人类文化中最令人心动和陶醉的篇章之一。

站在诗行里,微笑的样子千娇百媚。"春到南枝,梅蕊含微笑""相逢不肯语,微笑画屏前""微笑语还羞。愿郎同白头""莫问新欢与旧愁。浅颦微笑总风流"……

南京市博物馆存有一批六朝人面纹瓦当,这是六朝的第一个时代——东吴的文物。这些从南京新街口、大行宫、张府园和清凉山等地出土的人面纹瓦当,线条素简,古朴写意,犹如一些QQ表情,有的浅笑,有的憨笑,无不寄托着东吴人镇火、辟邪的观念。

山东博物馆珍藏的商代亚丑钺,器身透雕人面纹,咧嘴而笑,不失憨厚;汉景帝阳陵博物院的塑衣式跽坐拱手俑,"语莫掀唇,笑不露齿",模样可爱。还有存世的陶俑,那些武士俑、仕女俑、侍卫俑等,也多有微笑作态的形象,是古人生活情态的生动写照。

明清时期，民间文物上"微笑"元素俯拾皆是。南博雕塑馆陈列的一对明清木雕"和合二仙"，洋溢着欢乐祥和的气氛。"和合二仙"多以微微含笑的面目出现，是苏州刺绣、无锡泥人等非遗艺术中常见的创作题材。江南各地大量明清古建筑的石雕、砖雕、木雕上，"微笑"图案亦比比皆是，表达了人们对生活美满、诸事顺心的期盼和祝愿。

最让世人惊艳的当然是达·芬奇的《蒙娜丽莎》的微笑。谜一般的微笑，高贵，典雅，神秘。它代表了意大利文艺复兴时期的美学方向，折射出女性的深邃和高贵的思想品质，以及人们对于女性美的审美理念和审美追求。表现的是微笑，但不只是微笑。

1948年，国际红十字会为纪念创始人亨利·杜南，将他的生日5月8日定为世界红十字会日，世界精神卫生组织也由此将5月8日定为了世界微笑日。在微笑中感受微笑的意义，世界的温馨。微笑是独一无二的"世界语"，不同的肤色，相同的微笑，无须翻译，就能拨动心弦。

三毛说，我笑，便面如春花，定是能感动人的，任他是谁。

鲁迅曾说，待我成尘时，你将见我的微笑。

印度诗人泰戈尔也说过，当一个人微笑时，世界便会爱上他。

陌路相逢，莞尔一笑是一份诚挚的见面礼。冤家路窄，笑意写在脸上，也许可以相视一笑泯恩仇。

沐雨而笑，是甘与天地自然相接相融的豪放和坦荡。忍痛而笑，是挥手掸落衣襟上的泥土或血迹，脚踏荆棘继续前行的无畏和洒脱。

对镜忧伤，何不坦然面对，笑看过往。哀叹落花，不妨趁机手植茱萸，喜待来年的烂漫盛开。纵有三千烦恼，不如拈花一笑。

微笑，是面朝大海、春暖花开的情怀。

1958年，世界上最伟大的数学家和经济学家之一，当代经济学最著名的分支——博弈论的创立者约翰·纳什被确诊为精神分裂症，他目光呆滞，蓬头垢面，幽灵一般穿梭于教学楼里，声嘶力竭地呼叫。而这个时候,他与妻子艾丽西亚结婚还不到一年。作为家属,艾丽西亚被特许可以每天来医院陪伴他两个小时。在其后漫长的十几年里,业界同行早已淡忘了那个叫纳什的男人,只有艾丽西亚每天会准时出现在医院里。艾丽西亚有一个孩子,有一份枯燥的电脑程序员的工作,当然,她还有微笑。从认识纳什那天起,就从来没有在她脸上消失过的微笑。

1994年,诺贝尔经济学奖颁给了这个名叫约翰·纳什的"疯子",那时候他已经恢复正常。战胜病魔的约翰·纳什深情地说:"我觉得最奇妙的还是这场缓慢的苏醒,在这个过程中,我唯一的记忆就是她一直微笑着存在!"

还有些微笑,浅浅的,轻轻的,似有若无的,但有如惊雷震撼心灵——

在激情燃烧的革命战争年代,面对敌人的刺刀、刑具和炮火纷飞的战场,无数英勇的共产党人、革命先驱和先烈曾经这样微笑。微笑里,有一种坚定,有一种不屈,有一种追求信仰、真理和光明的视死如归!

……

微笑虽轻,彰显的却是英雄气概、民族大义之重。

在我的抄写本里,记录着这样一句话:让这个世界灿烂的不是阳光,而是你的微笑。

请不吝微笑,让微笑像鲜花一样盛开在每一个平凡的日子。

(2020.5)

在河边

甬新河从办公楼侧畔汤汤而过。

下午3点半左右,要是天气晴好,我会溜出来沿着河边走走。

河床不宽,两岸葱茏绿意尽收眼底。走过一座小巧的栈桥,防腐木桥桥板砰然作响。这一次,正好一只打捞杂物的清漂小舢板船从桥下荡过,船上两个河工,其中一个仰头关注的目光与我不期而遇,我感觉,似乎有责备我踏步太重的意思。

在稍稍探进河面的观景平台上,或者在可以双脚涉水的岸边草丛中,有钓者一二。猩红色的透水路面蜿蜒向前。芳菲四月,岸边的花红、黄、紫、白,一片接一片,都是我叫不上来名字的。修剪过的草坪依然短茌茌的,微风里有一股幽幽的草的芳香,一定是从茎叶断折处沁出来的。

我特意朝香樟树掩映的那个平台望了望,果然又看到了一个穿着白褂的消失多日的身影。

天气晴好的下午,他就会在这个时间点出现在此。树荫下,一个人,面对滔滔河水,莲步轻移,双臂摆动作舞水袖状,一曲令人肝肠欲绝的唱腔随舞而起,声声远扬。我是外行,分不清他唱的是京戏还是越剧,是生旦还是净丑,也不知道他唱的是哪一出哪一段,但他高叹低吟,有板有眼,一定是一个深谙个中妙趣的"资深"票友。

从他的穿着,我猜他是附近酒店里的厨师,在午餐和晚餐的间隙来此"过把瘾",也是休息。

向南,穿过宁东路桥洞、宁穿路桥洞,走过树阵广场和又一座栈桥。一路上,有花工在给花木喷药水;有拼步数的,拿着手机匆匆而过;有一对男女,互相挽着手臂,散漫而行……

至甬新河和后塘河交汇处掉头原路返回,经过的事物像倒带一般依次重现。

当再次来到第一座栈桥,我发现,那个河工正倚在桥头的护栏上吸烟。西去的太阳伏在河对面的高楼上,光照耀眼,烟雾淡淡飘散着,让人看不清他的表情。难道他等的是我,为刚才的踏步过重?

没等我靠近,另一个在船上的河工却大声喊他:"看什么看,走了噢!"

"我看,夏天来了!"他没头没尾地应了一句。

我心里一个激灵,是的,夏天就要来了!香樟树米粒般的花蕾已挂满枝头;"槐柳阴初密",柳枝及腰,禁不住诱惑似的努力垂向河面;有人在给荷池清淤,起掉旧荷的残根烂叶,准备布下一枝枝亭亭的新荷。仰首远眺,我的目光仿佛穿越了鳞次栉比的楼群,看到山峦上一片片红里凝白的桃花,一簇簇怒放的杜鹃……

夏天来了! 那是感叹,是对平和生活的向往。

季节轮回,时间在流逝。流逝是失去,也是另一种意义的前进。

(2020.4)

第三章
Chapter3

悠悠岁月

撮　生

在宁海方言里,有一个词是"撮生",是专门用来形容捡拾遗漏、遗弃物之类的活动的。汉语言里语义相近或相似的词有捡漏、拾遗等。

20世纪70年代初,物资相对短缺,许多生活必需品都是凭票供应的,粮食亦然。那时政府号召"颗粒归仓",所以割稻和麦收时节,学校会组织学生到田间地头"撮"稻穗、麦穗。

那是我从童年刚迈进少年门槛的时代,逢收获季节,一旦放学或休息天,我就摘下悬挂在屋梁的吊钩上耐心等待已久的竹篮飞奔而去。一路上,手中的篮子呼呼地在身体左右和头顶"花式"舞动,像直升机的转叶一样。

飞到郊外,停住,侧耳倾听,听脱粒机"隆隆"的声音是由哪个方向传过来的。

最具情景感的应该是收割水稻。成熟的稻田像一块块金黄的厚毯,错落地覆盖着田野和低缓的山坡梯田。艳阳下,那金黄的色块就有些厚重,似乎出自梵高的笔下。十几个收割者散落其间一丘,弯腰、挥镰,白衬衫或蓝背心的身影一上一下,一隐一现。他们身后不远处是马达轰鸣的脱粒机,因为机位上一次只能同时容纳两个人一起操作,所以四五个专门负责脱粒的青壮汉子轮番上机。他们"唰啦"一下抱起被割倒排放在水田里的一束束稻谷,抢步跨上机位,双臂熟练地反复翻动着稻束。被快速滚动的转轮脱下来的谷粒飞溅起来,在蒙着的黑色布篷里发出"噼噼啪啪"的欢响。

他们"唰啦"一下抱起排放在田里的一束稻谷时,一串田水就趁势跳将起来,四下飞扬,惹得我们躲闪不已。但这个时候也是我们的机会。我们目不转睛地盯着他们的动作,在他们俯首即起的一瞬间,如果发现他们掌下有"脱逃"的稻穗,必定手到"撮"来,一一"捉拿归案"。已下机的稻草里,总有几穗由于裹在里面没有被脱尽的,只要细心翻寻,也是有所获得的。

我最害怕的是"撮"早稻,那些蚂蟥在田水里迫不及待地游过来的样子着实让人毛骨悚然。

最惬意自在的当数"撮"红薯或土豆了。一个人去,或带上弟弟妹妹,荷一柄锄头,没有方向,不在乎目标,嗅嗅开在小径边的花朵,在窄窄的田埂上追逐鼓着眼睛的蛤蟆……

如果遇到一块藤叶散落、挖成坑坑洼洼的地块,那就意味着土地的主人已经把该收的都收去了,可以由着我来"打扫战场"。我知道,只要往深处挖,肯定是有东西的。尽管这些遗留下的东西可能长相"猥琐",小是小了点儿,但毕竟同样可以煮红薯粥、土豆饭,它们在味蕾上带给你的享受不仅不会逊色半分,而且可能更香甜,因为,这是自己的劳动所得。当然,往深处挖,是得下大力气的。有时一垄挖到头后,全身汗如雨下,累得瘫在地头不愿动弹,看着凉风徐徐吹拂摆弄着脸旁的小草,天上斜阳西去,我恍然大彻大悟:地里留一点,这也许是土地主人坐享其成的计谋呢,让人心甘情愿地无偿为他松了一遍土!

还有"撮"鱼。城南水流丰沛,尤其是至千丈岩下,积水成潭,深不透底。水里有鱼,在沉闷的夏天,鱼儿们相继跃出水面,它们黑背银腹肥硕的身段在阳光里闪闪发亮,仿佛极尽勾引之能事。接着一个猛子扎回潭水中,把吃货们馋得不住咽口水。有的作姜太公状,放竿垂钓;有的站在溪流中挥竿,拉一种溯流而上的小白鱼;还有的准备了电瓶、矿灯和通电的鱼竿,专等漆黑的夜半时分下溪,那些螃蟹、黄鳝、泥鳅和小鱼儿,在矿灯强光的照射下不知发生了什么,一动也不敢动,被电竿"滋滋滋"地赶入网兜乖乖就擒。

每年枯水季节,千丈岩的水面也会收缩三分之一左右。一些吃货不知从哪里搞的雷管、炸药,自制成土炸弹。炸弹在潭中轰然爆炸,水柱冲天,水花四溅,可怜鱼儿们毫无防备,顷刻间就被炸得"人仰马翻"。炸弹响过,吃货们举着网兜纷纷下水,把被炸死或炸得晕头转向的鱼儿一一收入网兜。一兜满了,就游回岸边,将鱼倒在水桶里,返身再次下水。等到他们觉得捞得差不多了,才满意地撤退。这个时候,在岸边翘首以待的人们便哗啦一下像下水饺似的跳下水去"撮"。我是旱鸭子,不会游泳,最多在齐胸深的地方摸索。水很清,如果底下有白色光点闪烁,屏住气钻下去肯定有收获。有的鱼还处在半晕半醒状态,晕的时候像一枚枯叶漂在水面上,你伸手去"撮",它却突然"活"了,发癫似的逃窜。千丈岩下的欢声笑语,和近岸处如烟的芦花一同起伏飘荡,惹得在上游洗洗涮涮的姑嫂妯娌们不时引首张望。

当然,这都是很多年前的事儿,这种严重破坏生态的行为如今是被严令禁止的。

记得有一年暑假,我住在滨海小村西张村的姨妈家。一个黄昏,我和弟弟去大麦塘口玩。夕辉下,横跨塘口栉风沐雨170多年的戊己桥在蔚蓝背景中显得有些粗重。涌入大麦塘的潮水已经退尽,港湾袒露着黑黝黝的滩涂,腥风拂面,几只海鸟在盘旋。在滩涂上的一个小水塘里,我们发现了一条被困住的正在团团打转的鲫鱼。它个头不小,但长时间的"突围"已经大大销蚀了它的意志和活力。我们徒手把它"撮"上来,很沉,有八九斤重的样子。我们抬着它,一边撒开脚丫往家里跑,一边兴奋得一路欢呼。

那以后,我们时常心存侥幸,在潮水退尽的滩涂转来转去。后来想想,这就有点像那个守株待兔的农夫。

宁海中学食堂的后门与蒲湖只隔了一条桃源路。蒲湖是古时县城的一大景区,湖中有矮山、水亭、水堤、古刹等景点,湖面上一座五洞石板桥将湖分为东西两湖。清代有一个叫储福亮的作有一诗,可见胜景:"一带蒲湖坐钓矶,轻丝戏水碍难归。蜻蜓立竿窥偷眼,藻荇牵风溜直飞。日照西斜横戴笠,鱼吞细浪淡忘机。盘旋畔岸澄清藓,隐隐空摇识所依。"但当我与之邂逅时已非昔时,湖已不成湖,成了生产队的养鱼塘。

如果有一天,抽水机的隆隆声从早晨便在我们的教室回荡不息,我就知道,生产队要排水捕鱼了。课间休息的15分钟,同学们蜂拥跑去看,湖堤上站满了叽叽喳喳围观的人群。湖水下降了不少,有些地方露出了黑乎乎的淤泥。一些穿着带靴的青灰色的塑料防护服的精壮男子,理网拉网,操兜提桶,做着捕前准备。

我们不能待太久,不待上课铃响就得往回溜。人回了教室,心思却留在了湖畔。终于挨到放学,等我们冲到那儿,早已是人散湖空,只剩几个市民高一脚低一脚地在淤泥里彳亍搜寻。有一次,我明明看到一条鱼躺在浅水里,等我脱掉鞋袜、挽起裤管下去"撮",鱼却不见了踪迹。我不甘心,伸手在淤泥里翻搅,仍然一无所获,反倒把自己搞得浑身污泥。

那个年代,想要"撮"到别的贵重的什么,可能得有运气的护佑,而生活中意外的、小小的快乐,只要你愿意,总是可以"撮"得一些的。

今天,在记忆的那片光阴里,我"撮"起这份朴素清新的乐趣,心中是满满的温暖和喜悦。

(2020.3)

稿　费

　　岁末年初,总会有文友在群里晒稿费。我知道,文友们晒的其实不是稿费,而是码字见报的成果。

　　我第一个被印成铅字的作品是个散文,题目是《弯弯的小路》,刊登在复刊不久的《宁波报》的副刊上。之后没隔多久,承蒙编辑老师关爱,又刊发了一篇《我愿做一朵茉莉花》。几经搬家,这两篇用"瑛子"的笔名发表的习作早已不知所踪,但40多年过去了,十八九岁时作品第一次被刊发的无法抑制和言喻的兴奋、自豪仍能在记忆的汪洋大海里打捞起一二,但始终记不起是否收到过稿费以及初次收到稿费那种激动的心情。大概那个时候没有稿费吧。

　　我收到的第一张稿费单应该是广播稿的稿费单。

　　1978年11月,我高中毕业后招工进入宁海茶厂,被分配到制茶车间做统计。车间主任是岔路人,姓葛,年龄不过40岁。葛主任人很精干,讲、写、画样样拿得起,任何事情交到他手里,一定办得妥妥帖帖。葛主任写得一手漂亮的钢笔字,不草不楷,笔画刚健,自成一体,很有气魄,按照现在县文联阿门主席的说法,"很有辨识度"。那时候,正值宁海茶厂初创,厂区建设和茶叶产销蒸蒸日上,葛主任及时将这些变化和大好形势写成广播稿,投给县广播站。车间办公室门口电线杆上的广播喇叭,差不多隔一天就会播出茶厂的新闻。葛主任最有分量的一篇广播稿是写他自己老家的,写老家开展多种经营,搞活经济,乡村面貌发生了翻天覆地的变化。他把稿子寄给省广播电台,省广播电台的编辑看了稿子,拍案称好,就转给了《浙江日报》,结果刊登在《浙江日报》二版头条。

我与葛主任同一个办公室,在他的影响下,我不再一门心思日夜纠缠"缪斯女神",也写起广播稿,凡茶厂发生的自以为值得一写的大事小事都不放过,数日一稿,甚至一日一稿、一日数稿,雪花片似的飞向县广播站。每年的秋冬季节是茶叶加工淡季,有时候实在找不到可供广播的材料,就摘编一些"茶树的栽培和管理""茶叶采摘""茶叶的初制加工"等技术辅导资料投稿。车间办公室门口电线杆上的广播喇叭隔三岔五或接二连三地播报着我的稿件,那朗朗播报的声音在茶香芬芳的厂区回荡,在我听来,不是一般的动听。

广播稿的稿费大多只有三五角,超过1元就已经是篇幅很长的稿子了。我没有去领这些稿费,而是把这些写了一两年的三四十张县广播站的稿费单,装在一个纸信封里,就像尘封那段充实而美好的生活时光,40年来一直放在某个抽屉里。当我写到这里,想要把它们找出来看看时,却是怎么也找不到了。

我相信,没有一个人是为了稿费而写作的。

我正儿八经文学创作上收到的第一笔稿费是一首词的——20世纪80年代初发表在当时县文化馆《宁海文艺》上、署名为"澜峰"、反映茶厂生活的《江城子·滑车》。其实古汉语是我的弱项,我对诗词格律一窍不通,只是按每行的字数要求瞎填而已。好在编辑老师抬爱,没有计较这些不是之处。稿费单是茶厂电工培民师傅帮我带回来的。他爱好文学,喜欢写作,那一期上也刊载了他的一个作品。记得稿费单手掌大小,打字油印,作品标题和稿费"八角"是钢笔手写的。

1987年春末,《宁波日报》举办全市命题微型小说大奖赛,题目是《离下班五分钟》。看到征文启事,我和茶厂的几个文友跃跃欲试。

记得一个早晨,我还睡在床上,屋外不远处北大街喧闹不绝的过往市声一阵又一阵穿过窄窄的北胡同,循着纵横交织、狭长深幽的小巷渐然远去,一个想法突然闪电般划过我的脑子:"为何不反过来写?如果上班只有五分钟时间,会发生什么?"立意确定了,我用两天时间完成小说构思。一天晚餐时,我把故事讲给大家听,父母、弟弟、妹妹和妻子听了哈哈大笑。上班时,我讲给爱好文学的建淼兄和维平兄听,他们都说好,还提出了一些修改意见。8月12日,《宁波日报》公布征文终评结果,一等奖两名,我的小说获一等奖第一名,同日报纸副刊刊登了两个一等奖作品(这个小说后来还被当年的文摘类刊物《东西南北》转载)。之后不久,我收到20元奖金。20元,差不多是我当时月工资的四分之一,这也是那个年代我收到的最为可观的一笔稿费。

　　去年,收看庆祝中国共产党成立100周年电视剧《觉醒年代》,看到《新青年》杂志给作者们支付的稿费以10个、20个大洋计,不觉脸红得像煮熟的小龙虾。当然我知道,这是没有可比性的,况且稿费也是有时代性的。对于中国革命和中华民族伟大复兴而言,陈独秀、李大钊、毛泽东、鲁迅等伟人和先驱者们,他们的著作是号角,是手术刀,是匕首,是隆隆的战鼓,"是引导国民精神的前途的灯火"(鲁迅语),是"风景这边独好"灿烂光明的宏伟蓝图!

　　稿件的稿费是以字数为主要计算依据的,但稿件的价值是以其思想,以其对人类文明发展所产生的影响和贡献来衡量的。

(2022.1)

两张获奖通知单

看到晚报《三江月》专栏的《新中国70华诞之老物件的故事》征文启事,我瞅个空,将自己的"库存"又捣腾了一遍,结果发现了两张读书征文获奖通知单:一张是宁海县总工会发出的,另一张是宁波市总工会发出的。

这是1984年,一个读书蔚然成风的年代。那时,新华书店的新书不等发售,门外一定会排起长长的队伍。倘若是名著和经典图书首发,挤塌柜台、打破脑袋的事也时有发生。《山西青年》杂志社创办刊授大学,一时间,大江南北,报名响应的学子数以几十万计,火爆热烈的程度,我们现在都难以想象。在阅览室、图书馆,在候车室,黑压压一片捧着书本的,是那个时代的"低头族"!

那时候,我20多岁,正是朝气蓬勃、向往进步的年龄,一周里总有几个夜晚是在工人俱乐部的阅览室度过的。一次,负责管理的阿姨对我说,县总工会在举办读书征文活动,你喜欢读书、写作,应当积极参加。其时,我正读着《革命烈士书信选》一书,为字里行间澎湃的那种痴情、那种挚爱而深深震撼,一腔激情正待诉说,回到家里,一挥而就,写了一个读后文章。

没过多少日子,我收到了县总工会的一张通知单:宁海县"振兴中华"职工读书征文活动比赛评奖结果。第一行是:

一等奖　宁海茶厂　魏人彪　《痴情厚爱胜海天》

遗憾的是当时没有留下底稿，以致无法在35年后的今天重温这篇"大奖之作"。

写到这里，我回身从书柜中找出那本薄薄的《革命烈士书信选》，翻读起来。我沉浸其中，曾经的震撼再一次激荡在我的心头。年仅25岁的陈觉烈士，就义前在给妻子的书信中回忆了他们"在苏联求学时，互相切磋，互相勉励，课余时……或旅行或游历，形影相随"的生活，然后无限深情地写道："谁无父母，谁无儿女，谁无情人，我们正是为了救助全中国人民的父母和妻儿，所以牺牲了自己的一切。"烈士的悲壮和无畏力透纸背。刘愿庵烈士这样写给妻子："你的心是紧紧系在我的心中的，我最后一刹那的呼吸，是念着你的名字，因为你是在这个宇宙中最爱我、最了解我的那一个。"这赤诚的爱之倾诉，令人潸然泪下。赵一曼烈士的遗书是留给她唯一的儿子的："宁儿，母亲对于你没有尽到教育的责任，实在是遗憾的事情。母亲因为坚决地做了反满抗日的斗争，今天已经到了牺牲的前夕了。母亲和你在生前永远没有再见的机会了。希望你，宁儿啊！赶快成人，来安慰你地下的母亲！我最亲爱的孩子啊！母亲不用千言万语来教育你，就用实行来教育你。在你长大成人之后，希望不要忘记你的母亲是为国而牺牲的！"此时此刻，她那作为战士、母亲的那种既义无反顾的勇敢又满怀母爱的深深依恋，在我的心上引发了强震般的呼啸和剧烈的颤抖！

颁奖大会是在宁海剧院召开的，可容千人的会场座无虚席。宁海中学的徐良骥老师对获奖作品作了点评。奖品是厚厚的一沓书，有七八本之多。

另外一张获奖通知单是用粉红色的纸印制的，现在摊在桌面上，我仍然能感受到当时工作人员的一番美意：

宁海茶厂工会：

  你单位魏人彪同志积极参加读书活动，并被评为"读书与进步"征文一等奖，请你们给予宣传和表扬。现寄上奖品（购书券）一份，请交本人到市新华书店（二楼）和县新华书店选购图书。

宁波市总工会
1984 年 12 月

  参加市读书活动的过程，我是一点都回忆不起来了。大概是茶厂工会组织开展、集中选送的吧。

  记得那时，我的肩头永远挂着一只流行的帆布黄挎包，包里除了书、杂志和摘录用的笔记本，再无其他。无论在何处，只要有片刻闲暇，就取出书来，读一页、两页都觉得是享受。由于这个如饥似渴、文质彬彬的样子，茶厂的同事们还奉送了我一个"秀才"的绰号呢。

  真的很怀恋那段孜孜以"读"的日子。那时候心静神闲，读书不为学历，不为功名，纯粹是为着汲取知识、滋养性情，多好！

（2019.8）

两张准考证

在我保存的为数不多的旧物中,有两张准考证。

在将近60年的人生旅途中,我应该参加过这样那样不少考试,所以应该还有许多这样那样的准考证,但唯有这两张纸质的准考证被保留了下来,留藏在柜子角落,留在过往的时光深处。

一张是大学招生准考证。整个证件呈淡黄色,红色印制。可以对折,便于摊开放在桌角,使考生主要信息一目了然。所以向上一面右侧,"准考证"3个大字下面是一小括号(高校·理科),然后是"试场号""座号",用钢笔手工填写的19和18,底边上方印有"浙江省1978年高校招生委员会"。左侧上方是一张一寸黑白小照,短发,脸色细白,领子的风纪扣扣得严严实实的,胸前佩戴一枚像章。那时,我不满16周岁,一副青葱稚嫩的样子。照片下是铅印的"准考证号2"和紧接其后用自动号码机印上去的一串数字"2700230",其上压盖着已略显模糊的"浙江省高校招生委员会办公室"的公章,下面的"姓名""性别"是用钢笔手工填写的,报名单位"浙江省宁海中学"7个字显然是刻在一只扁章上加盖上去的。准考证摊开,底下一面的左侧是"考生须知",右侧是"考试日程表":7月20日,上午政治,下午物理或历史;7月21日,上午数学,下午化学或地理;7月22日,上午语文,下午外语。

我考的是理科。那时,初中、高中都是两年制的。高二的第二学期，宁海中学根据高考要求第一次有针对性地进行了文理分班，除了各设一个成绩好的高班，其他都是普通班。当时，"学好数理化，走遍天下都不怕"的理念很流行，分班时，母亲全然不顾我文科成绩相对优良的现实，毫无商量余地地要我报理科。记得那天，学校在大礼堂召开年级段大会宣布分班方案，老师逐班宣读分班名单，先读文科，文科高班的名单宣读完毕，很多同学转过头来拿眼光询问我：怎么没有你？

高二第二学期，我去了理科普通班。我对数理化毫无兴趣，所以整整一个学期都得过且过。终于迎来了高考的日子，我没有一丁点儿的激动、紧张、焦虑，只当是总算将要到达终点。我捏着装有准考证、几支2B碳芯铅笔、一只圆规、两把三角尺等文具的塑料袋前去应试。每次考完回来，母亲都问："考得怎么样？"我回答："不知道。"

后来高考成绩公布，我除了语文、政治两门课程各考了70分左右，数理化和英语无一及格，名落孙山是毫无悬念的。

1978年是高考恢复的第一年，对于恰好处在这个千载难逢的历史节点的我们来说，是何其幸运！但我却与之失之交臂，也与一条或许完全不一样的人生之路失之交臂。雨果在《悲惨世界》里说："何必遗憾本不能的事情。"而于我来说，这并非"本不能的事情"，因此使我遗憾终生。

另一张是宁海县党政机关面向社会公开招考录用国家公务员（机关工作人员）的准考证。

准考证巴掌大小。正面左上方贴了一张一寸小照，照片上的我有些清瘦、疲惫，可见当时在外漂泊打工的艰辛，其上模糊可辨一钢印，应该是"宁海县人事局"。右侧"准考证"3字下是准考证号：22060425，姓名、性别、年龄：35，工作单位或家庭地址：宁波蓝星电子公司，试场：宁海二中（第四试场）。右上角还有半个红色公章，可见"宁海县"3字。这个公章是骑缝章，估计也是"宁海县人事局"，骑的另一边应该是存根之类。准考证背面是考试日程：4月5日，上午8:30—10:30政治，下午2:00—4:00法律；4月6日，上午8:30—10:30行政学，下午1:00—2:30行政职业能力倾向测验，3:00—5:00公文写作与处理。再就是"考生须知"。

关于这个准考证，说来话长。

由于我所在单位生产经营不景气，自1993年起，我就一直停薪留职在外打工。记得是1997年2月下旬的一天，我在外出差，晚上妻打电话来说宁海在招考公务员，让我去试试。我说我离开宁海这么多年了，原来的许多人际关系已基本"熔断"，现在混得也马马虎虎，不劳这门子心思了吧。妻说，打工总不是长久之计，不稳定。妻又说，公务员招考年龄控制在35周岁，你今年正好35，错过这个村，真的就没这个店了。我寻思考不考是态度问题，能不能考取是水平问题，不要辜负了她的美好期望吧。我说，那好，试试。又问都有哪些职位。她说，我报给你，第一是县政府办公室秘书，1名。好，打住，就这个，我叫停了她。她说，还有县政协办公室秘书，3名。她觉得招1名回旋余地小，风险大，问我是否考虑报县政协办公室。我坚决地说，就报县政府办公室。我没有考取的打算。我心里清楚，尽管自己擅长文科，但当初读的是理科，文科基础并不扎实，而且我丢开相关学业大约已有10年，这10年，历届毕业的学霸、学神大有人在，无论报哪个职位，无论有多大的回旋余地，我一定都是考不过的。

妻拗不过我，代我报了名。一般情况下，我半个月回家休息一两天。下一次回家休息，我拿到了应试的相关复习资料，5门课程只有一本复习资料，厚厚的一大本。妻告诉说，这是宁海第一次公开招考机关公务员，共招收51名，为应对这次招录，县委党校开办了为期2个月的辅导班，据说已经有200多人报名参加。我是不可能参加辅导班的，"人在江湖，身不由己"，公司的日常运作和监管都不允许我坦然放下，何况我也不希望董事长知道这件自己也觉得很渺茫的事，被他误以为我"身在曹营心在汉""这山望着那山高"。

除了在公司本部处理日常事务,大多时间我都在浙江、江苏两省各地奔波,检查办事处工作、协调与商场柜组的关系和布置促销活动、与各地方电视台接洽阶段性广告安排,有时还要带着办事处营销经理去考察、开拓新市场……到了晚上,必要的一些应酬回来,又累又乏,也懒得再捧起资料复习一番了。

考试的日期越来越近,妻每天都打电话来询问复习准备情况。我想,既然决定考了,也应该认真对待,不然考得太差,也有损于自己的"形象"。3月中下旬,我到杭州办事处,宣布办事处全员放假一周,但要求营销员向各自联系的网点、柜组补足一周销售的各类货品。

杭州办事处在拱墅区。公司租用了一幢3层民居的顶楼一层,大约250平方米,间隔成员工住宿房间、厨房、货品仓库和办公区。我把自己关在了办事处整整一个星期,静下心来埋头认真学习。其间,每到中晚餐时间,我就下楼在附近的小吃店炒一盆年糕或煮一碗面条。我用电话处理一些简单的公司事务,能拖的事就往后挪一挪,拖着。读累了,就站在窗前,看天上絮状的云慢慢地移动,看下面沿街的树荫里,鸟儿叽叽喳喳地聊天;看入夜的杭州城灯火闪耀、霓虹缤纷,星月明亮,分不清天上人间。或者一个人对着墙壁打乒乓球,那噼啪、噼啪的声音犹如舒筋爽骨的鼓槌声,使因久坐而有些僵硬的小腿、颈椎和心情又逐渐活泛了起来……

7天之后,我基本掌握了全本复习资料每个问题的答题要点,甚至该答题的要点有几点在正面一页、几点在反面一页,都了然于胸。我信心满满地将复习资料重新塞进箱底,打道回公司。

临近考试,我与报考县政协办公室秘书的弟弟相互提问,我总是回答不上来。我明白,杭州7天,其实是高压下的短暂记忆。

共17人报考县政府办公室,其中13人如期参加了考试。后来知道,一些相对高分考取者,大多出于县政协办公室3个名额有一定回旋余地的考虑,避开了县政府办公室。我笔试分数排第二,顺利进入体检、面试和政审程序。我知道,尽管是第二名,希望也是十分渺茫的。一是,第一名的笔试分数高出我20多分,我面试成绩再怎么优秀也无法超越,且第三名的笔试分数仅低我两三分,很容易在面试后超过我;二是,第一名是县级机关办公室主持工作的办公室主任,第三名是县报一版的主编,面试时都有人脉优势;三是,他们都是中共党员,且年龄不到30岁,而我只是一个大龄下岗工人。但走到这一步,我自己亦已经有心想要进入公务员队伍了。为了掌握自己的身体状况,我先行到县第一医院做了体检。医生告知,没问题。数日后,按1∶3的录取比例,我们150多人分乘5辆大巴预先毫不知晓地被拉到临海的一家部队医院体检,结果,笔试分数第一和第三的两位都因为身体原因,止步于体检环节,我成了唯一的幸运者。

11月的一天,我第一次去上班,走进庄严的县政府大院,仰望郁郁葱葱的古樟和明净如洗的天空,我觉得仿佛是在梦里。

两张准考证是我人生中最为重要的两个节点,值得铭记。

我们所有的获得都是时代的赋予。我感恩所处的这个让一个普通人梦想成真的伟大时代。

(2022.4)

夹在旧日记里的纸页

十几本日记本塞在柜子的角落已近40年,那尘封的,是我文青时代的行印迹。

一个夜晚,我心血来潮,把它们搬到了书桌上,一片光亮唐突地"惊扰"了它们数十载不变的黝暗和宁静。我一本本翻动,一张又一张对折或随意折叠的纸页,从本子里滑落了下来。这些,都是自己当初随手夹放进去的。

我一张张展开来看。岁月不语,光阴有痕。我们通常所说的忘却,其实只是没有想起,总有一个不设防的时刻,会让那些忘却重新浮现在我们眼前。正如这些纸页,就像散落在时光中的一片片记忆,滑落在这个偶然的今天,让我清晰看见。

这些纸页以白色居多。有一张"宁海县文化馆第一期文学讲习班学员名单",印发时间是1985年5月15日,我数了数,名单上有62名学员,估摸虽然成绩些微但至今仍然矢志不渝地在创作的只有三四人了。这期讲习班留给我记忆最深刻的一堂课是一个上了年纪的老师讲授的,他瘦高个儿,戴眼镜,讲到构思时他说,写故事、写人物,不一定直接铺叙,有时候可以采用"迂回法",写故事和人物的"毛边",以外围细枝末节组成的"毛边"来反映中心故事和故事中的人物,我很是受启发。

一张是1985年11月10日,共青团宁海县委办公室通知我被选为中国共产主义青年团宁海县第八次代表大会代表的"通知",以及一张红艳艳的"代表当选证"。

一张是"宁波市职工文艺创作学习班日程安排表",这是市总工会组织举办的一次全市职工文艺作品创作、加工会。大概也是在1985年,地点在象山丹城。宁海县参加的一个是我,另一个是不久前以《夏天》一诗获得全市十大优秀诗歌奖的娄开宇。当代著名诗人、宁波市作家协会主席,当时还在鄞县一家企业工作的荣荣也参加了这次活动。

一张是"梅林早春笔会与会人员名单",笔会由宁波市作家协会、《文学港》杂志社和宁海县文联联合举办,时间是1989年4月10日—17日。遗憾的是与会的20个人中,现在已有几人永远地离开了。笔会放在南溪温泉,一天晚上,我、剑飞和浦子3人借着如银的月光攀爬温泉宾馆北边的山。浦子先到的山顶,看着我和剑飞气喘吁吁、披荆斩棘,他不无感慨地说,爬的过程你追我赶、热热闹闹,很是享受,一个人在巅峰之上却高处不胜寒,免不了孤独感,文学创作或许也是这个样子的吧。

还有一张是1989年6月28日,市作家协会发给我的函:"在宁波市作家协会6月24日召开的理事会上,你已被批准接纳为宁波市作家协会会员。向您表示祝贺!希你加强与本会的联系,并在今后的创作中取得更大的成绩。请将填写好的会员登记表、证件照2张、会费2元,及时寄来。此致,敬礼。"此刻我由此想到,三四年前加入中国自然资源作家协会和浙江省作家协会,都是网上完成公示、公告,并无纸质函件,故尤见此函弥足珍贵。

再一张是已有点泛黄的剪报,内容是"第三届全国职工文学创作函授讲座获奖者名单"。名单上三等奖有"魏人彪《一个女人的来信》浙江46号"。剪报的左上角,注有一排钢笔字:"《工人日报》1989年8月6日。"

我像是一条鱼儿,在时光的河流中溯洄、穿越,渐行渐远的一切都纷至沓来。保存的这些纸页,大多是与文学创作相关的,因为于我,那是一个无比纯粹的青春年代,学习和写作是我生活的全部。

其中有一张是1986年3月4日,中共宁海县委宣传部文件《关于召开宁海县文学工作者第一次代表大会的通知》(宁宣〔1986〕4号):"经研究决定,于3月16日召开宁海县文学工作者第一次代表大会,成立我县文学工作者协会。请转告你单位魏人彪同志参加会议。"文件是发到工作单位的,那时我在宁海茶厂。也就是在这次会议上,我被选为宁海县文学协会首届理事,那时我还不到24周岁,是当选理事中最年轻的一个。与之折叠在一起的还有一张1986年8月17日,中共宁海县委办公室文件《关于召开宁海县第一届文艺工作者代表大会的通知》(县委办〔1986〕53号),以及与文件订在一起的"宁海县首次文代会代表当选证"。对于宁海文艺界来说,这两个会议无疑具有划时代的意义,我很荣幸既是参加者又是见证者。

一张是《宁波日报》副刊部发给我的便函。便函原本是打印件,被编辑谢善实老师用钢笔涂改了一半多,但意思表达得很明确:"你的小说《离下班五分钟》获征文一等奖,请在本月10日前将'作者简介'来电话告本部。'作者简介'的内容包括年龄、职业、创作简历。"底下是落款时间:1987年2月20日,旁边还留了电话和签名。谢老师的字半草半楷,端庄、硬朗且有气势,是我喜欢的那一种。而让我现在大惑不解的是,落款时间明明是2月20日,谢老师为什么会要求在本月10日前来电?我无法确定这张便函是从哪一本日记本中掉下来的,我按落款时间并作适当延伸查阅了日记,仍然一无所获。

还有两张,一张是便函,另一张是名单。便函是省作协发给我的:"你的入学报名单收到。根据各方面意见,考虑到杭州夏季炎热,故'茅盾文学院'开学日期推迟到9月。"发函时间是1988年4月

21日。名单是"首届茅盾文学院学员名单",上面有28名学员,来自全省各地、各行各业。名单提供了学员的基本信息,包括姓名、性别、年龄、通信地址和房间号。当时剑飞在县卫生防疫站工作,浦子在县汽车站,我在县茶厂,宁海县学员就我们仨,所以被安排在406,同住一个房间。

岁月倥偬,光阴似箭,这份名单距今亦已整整35年。六七年前,浦子建了"文学院同学会"微信群,群里15人。而这15个人中,"潜水者"二三,依然忠于年轻时的梦想的,仅十余人。不觉又想起一件事,几年前,上虞的一个同学魏斌病重,群里发起募捐活动,同学们有的捐500元、1000元,有的捐数千元,有一位同学出了几万元,尽管只是不到3个月的同学,且之后30年间有的再无丁点交集、联系,但以文学的名义,同学们个个慷慨解囊,情之深意之切都在不言中。

纸页中居然还有一封两页纸的书信,是1988年1月4日,当时浙江省《供销合作报》副刊编辑陈军雄老师写给我的亲笔信。军雄老师在信中畅谈了供销系统创作队伍建设、今后一个时期相关活动安排后,热切期盼"希望尽早收到你的大作"。

对于一个文学爱好者来说,收到编辑老师的亲笔回信是种莫大的鼓励。此后,我与军雄老师建立了密切的联系,相继在《供销合作报》发表了一些小小说习作,有《吹牛》《烫发》《评奖》《黑瞳仁》《桑子》等,还参加了报社举办的永康笔会、宁海笔会,认识了不少文友。一文友说,行业报刊只要扣牢其行业性质特点,主题鲜明突出,比纯文学杂志发稿要容易,是业余作者练习"学步"的一个好园地。我深以为然。有一次,我在厂办看到一本《浙江消防》杂志,就写了一个针对性很强的小小说《红月亮》,很快就被发表了。其后又创作了《无罪的忏悔》《森林无故事》两个小小说,均得到了编辑老师的肯定。

……

翻看全部纸页，我心中不免有些遗憾，那些差不多千篇一律的退稿信（单），竟然一张都没有留存下来。毕竟，那也是自己追梦路上的脚印呵。

（2023.8）

"闹"[1] 咸菜

想起"闹"咸菜的一些事情来。

"小雪到,腌菜忙。"小雪节气前后,一件内衣、一件外套已抵挡不住寒冷的时候,地里经了霜的雪里蕻就可以收割了。近郊的农民三三两两地用手拉车运进城来,候在桃源桥街边。等不了多久,这一车车的雪里蕻就被一个个主顾陆续领走了。大户人家,一车也不多;小户的,也领了一车回去,要么和亲戚分,要么和邻居分。俗话说:"腌菜饭,吃不厌。"在从前,雪里蕻咸菜可是一个家庭必备的长年菜啊。

雪里蕻不是直接可以腌的。新鲜的雪里蕻水分多,得摊开在室内阴干几天,等到鲜菜有点瘪塌塌、叶片微微露黄时就行了。去掉一些烂叶片,抖落沾着的泥垢、沙粒,把菜梗归整齐,再用棕树叶撕成的丝条一小捆一小捆扎好。

我们家的菜缸不是很大,半身高,缸口大人一抱多二十几厘米。吃过晚饭,收拾停当,天已经黑了好一会儿了。母亲把菜缸移到天井,然后看看我的样子,大概是在心里掂了掂我身体的分量,说,今年的咸菜你来"闹"吧。那年我读初中,十三四岁,比同龄人要瘦小。母亲将雪里蕻在缸里盘起,一层菜一层盐。我洗净双脚跳进缸里去"闹"。

---

[1] 宁海方言,用双脚踩踏的意思。

菜缸口大腰鼓底小,再加上两脚交错踩踏,着力不均,所以得两手扶墙维持平衡。"闹"的时间长了,只"原地踏步"一个动作便有些单调无趣,于是就"闹"出一些花样来,比如"小跑式""转圈式""左右摇摆式"等,"闹"得不亦乐乎。开始时,脚底板踩着菜蒂、菜梗和细沙般的盐粒,很痛,慢慢地就麻木了,没感觉了。"闹"到菜梗发软、菜汁有一点点渗出时,母亲就要再一层菜一层盐地盘起,我便趁机跳出菜缸小憩,以便积蓄一些力量接着"闹"。就这样,周而复始,一直到将所有的雪里蕻都盘进菜缸,到我脚下"闹"出的菜汁水淹没了脚背,母亲才明确下达"任务结束"的指令,好了!然后把两块早已洗干净的石头压上,以免上层的咸菜浮起暴露在空气中,发黑、生出白色的霉花。

我的双脚"闹"得一片通红。这时,母亲会端来一盆热水。脚伸进去,一团暖意便渐渐升腾起来。脚底在"闹"的过程中经历了长时间的"按摩",温水一泡,特别舒爽。

雪里蕻咸菜什么时候才可以开缸呢?办法简单,"一看二闻三品尝"。半月有余,一看菜色原有的青翠是否已黯然失色;二闻青草气有否消退,咸菜香有否显露;三是咬一咬菜梗,品舌尖上是不是能感觉到丝丝生辣涩口的滋味。

雪里蕻咸菜是佐餐的主力菜。可以清炒,也可以加笋丝炒,或者放大锅饭上蒸,出笼时放一调勺猪油拌一拌,也是很好吃的。那时候肉是"奢侈品",所以一般家庭不会拿肉丝炒咸菜,会觉得可惜了肉丝。倒是现在天价的野生大黄鱼那时没人追捧,常常落得与咸菜"为伍"。那样一来倒"美"了咸菜,一筷子拈上来,咸菜上沾着粒粒鱼子,滴滴答答地淌着浓浓的汤汁,一个字,鲜!

我也喜欢父亲的那一种生吃法。必须得刚开缸的咸菜,洗净,切成1.5厘米左右长的小段,加白糖、米醋调制即可食用。下酒、佐饭均可。那个味道又甜、又酸、又咸,适口、清脆,满嘴生津,肯定会让你放不下饭碗。这不,此刻,即使已时过40多年,我的眼前依然能浮现出父亲那副心满意足的样子。

不久之前,有一次,我看从菜场买回的雪里蕻咸菜嫩黄可爱,心里痒痒的,便如法炮制,结果却吃不出从前的滋味了。瞧着我那一脸遗憾的样子,家里人开玩笑,说,那是因为少了你的脚丫子臭的缘故呢。

也许,是五味杂陈的生活迟钝了味蕾的知觉,正如在春秋默然交替里,在岁月寂然运行中,改变了我们的容颜,改变了原生的性情和品质。

(2020.3)

回　家

　　一过了元旦,年就一天天地近了,"回家"就成了同事、朋友间和微信群里的热门话题。

　　距离春节半个月,被称为"地表最大规模人口迁徙"的春运开始了。市级机关的同事们来自五湖四海,他们热烈交流讨论出行方式,有选飞机的,称飞机快;有选高铁的,说高铁可以看风景,一路走一路欣赏大好河山,是免费的旅游福利;也有计划自驾的,说是一天开1000公里不在话下。个个兴高采烈,那份热切,那份期盼,溢于言表。

　　新闻里说,广西梧州摩托大军也已启程返乡。那是数九严寒里一股奔腾的滚滚热流。是啊,中国人看重根脉,"有钱没钱,回家过年",哪怕家只是一间徒有四壁、四面透风的茅屋,哪怕家在深山冷岙的旮旯里。回家过个团圆年,是流淌在中国人血脉里的基因,是中国人重土情结最为淋漓尽致的展示。

　　我不由想起自己 3 次大年三十回家的经历。

　　45 岁那年,我从家乡宁海调到宁波工作,开始了为期整整 15 年的双城生活。通常情况下,我每周一早上驾车到宁波上班,周五下午 4 点左右从宁波出发回宁海过周末。单程 80 公里,却总是觉得每次周五的回程仿佛是"加长版",路途迢迢。有一年除夕,我忙到 5 点半才开车出机关大院,不料这一次,我遭遇了一场不仅仅是一天中的晚高峰,而且还是一年中的晚高峰!出城堵,高速公路变成"龟速公路"也堵,进城照样堵。特别是一动不动堵在高速公路上,一条长龙般的红色尾灯灯光带绵延至遥远的前方,车窗外寒风飕飕,妻子的询问电话一个追着一个,心中的纠结和焦灼一圈一圈地漫了上来……

就在这时,我看到前车的驾驶室门打开了,下来一个男人,四五十岁的样子,不胖不瘦,不高不矮,他在路旁伸伸臂、弯弯腰活动了几下。借机活动活动,舒缓一下长时间驾车的疲劳和紧张,是最平常不过的。然而想不到的是,我刚将车窗摇下一条缝隙,一阵情感饱满、声线不失圆润的歌声便挤了进来:天边飘过故乡的云/它不停地向我召唤/当身边的微风轻轻吹起/有个声音在对我呼唤/归来吧/归来哟/浪迹天涯的游子……

80公里,我开了5个多小时。当我将车子停妥,打开车门,只见四周远远近近的烟花接二连三呼啸着蹿上天空噼啪炸响,开出绚丽而耀眼的礼花;央视春晚正在直播,主持人的笑语、欢快的旋律、喜庆的鼓点在夜色里交织回荡;仰望"祥和楼"一扇扇窗户透出的一缕缕温馨灯光,那一刻,心中所有的块垒如决堤一样在一瞬间一泻而空了。

还有什么比"到家了"更治愈人心的呢?

1995年7月—1996年7月,我在奉化步云集团公司工作。宁海至奉化不到40公里,所以我每天来回。早上,乘宁海至宁波的客运班车去上班,那时没有高速公路,班车走的是省道一级公路。我应聘时,正好步云集团搬到位于锦屏街道南山路塘下的新址,距一级公路奉化收费站仅几十米。班车途经公司,我叫停下车。每天下班,我就等在收费站出口,凡终点站是宁海或途经宁海的班车(包括省际长途班车),都一律招手示意,叫停搭乘。

1995年除夕那天,下午3点多,我照例等候在奉化收费站出口拦车。没想到的是,每一辆驶出收费站的下行班车都像屁股后面有"吊睛白额大虫"紧追不放一般"嘀嘀嘀"呼啸而过,无论我怎样急切地张臂挥舞、上蹿下跳,驾驶员都视而不见。透过车窗玻璃,我看到每一辆车子里都是满满的。

公路的那一边,上行宁波的班车却辆辆空无一人,一辆接着一辆绝尘而去。

冬天是没有黄昏的,无须过渡,天一下子就黑了。下行班车刺眼的远光灯从收费站照射过来,车子转瞬驰过,只留给我两盏昏暗的红色尾灯。我在希望和失望之间转换、沉沦,几近绝望。

就在这时,我突然想起多年前自己在宁波市命题微型小说大奖赛中获得一等奖的作品。那次大奖赛的题目是《离下班五分钟》,我在构思时反其意而行之,写了一个上班时间只有五分钟的故事。

我不再迟疑,快步走到路的另一边,拦下一辆上行班车,去宁波。是夜9时许,我终于踏上了候在火车站广场边的"宁波—宁海"的接站中巴。当中巴缓缓驶离广场,我想起有人曾经这样说过:人生不可错过两样东西,一是爱你的人,二是回家的最后一班车。

不过,记忆犹深的还是1994年那一次过年回家。

生活从来不会为任何人准备一个按部就班、一帆风顺的剧本。1993年12月中旬,为谋生计,我南下广东深圳。安顿下来不久,很快就迎来了1994年新春佳节。我和妻子商量,刚来,往返遥遥,这个年我就不回家过了。

谁知腊月廿七下午,大表哥余岳来电话,说他到了深圳,叫我去聚一聚,一起吃个晚饭。大表哥是陪一个朋友到深圳一家企业谈业务的,事已办妥,准备明天返回。当他得知我不打算回家过年,不容置疑地否决,不行,明天跟我们一起回去!

但是想要在这个节骨眼上离开深圳这个年轻的"移民城市"谈何容易,无论是机票、火车票,还是长途客运班车票,早在20多天前就已卖完,一票难求!

这档子事是难不倒大表哥的。他俩一合计,决定乘坐走沿海公路的市际或省际班车,一程转驳一程。尽管这样的安排有诸多不确定因素,但事在人为。

我们一路北上。车窗外掠过城镇乡村,掠过一幕幕尘世风情,掠过广阔的阡陌、森林,掠过夜色中在高处闪烁的点点寒星。我不禁想起唐朝诗人王湾的那首《次北固山下》:"海日生残夜,江春入旧年。乡书何处达?归雁洛阳边。"在旅途中,诗人只能遥想家乡过年的盛景,将心中的一腔苦闷寄托在诗中。又想起清朝词人纳兰性德的"风一更,雪一更,聒碎乡心梦不成,故园无此声"。我想,诗人一定是孤身一人伫立船头,迎风面对烟波浩渺、空蒙寂寥的河流,或身居崇岭之间,遥望漫漫前路,触景生情,惆怅、伤感甚至忧郁的情绪才会如此至深至浓,驱之不散、挥之不去。在他们那个年代,有多少游子的这种浓厚的乡土情怀,积攒了一年或数年的团圆愿望,最后都只能浓缩凝练在这平仄起伏的方块字中!有人说,家乡是游子回不去的人生序章。其实不尽然。我是幸运的,尽管此时此刻我能真切地体味到他们凄清悲凉、欲诉还休的那种心境,但我的心情无比开朗,因为我所有的相思、期盼、等待,都即将化为阖家团圆的喜悦和美好。

就这样,我们转了5次车,马不停蹄走了近两天两夜,终于在大年三十午后到达宁海。

无论离开多久、多远,无论身处何方,回家,永远是游子最愿意做的一个梦。

(2023.1)

热爱邓丽君

点击播放,音乐骤起,耳畔便响起邓丽君那无限深情的倾诉:"弯弯的小河,青青的山冈,依偎着小村庄;蓝蓝的天空,阵阵的花香,怎不叫人为你向往……"

歌声轻快抒情、清新明丽,正如此刻的窗外,入夏时节曙光里明朗透亮的天色一样!

每天早上七点左右到达办公室,距上班还有近两个小时,这段时间是我雷打不动聆听音乐的专属时光。点开网页,选择歌手,鼠标箭头总会不由自主地滞留在邓丽君上。

是的,邓丽君,这是一个永远珍藏在我心灵深处、无法视而不见和拒绝的歌者!

第一次听到邓丽君的歌声应该是在 20 世纪 80 年代初。一天,一个比较要好的同事来到我的办公室,无意间轻轻哼起了邓丽君的《美酒加咖啡》《路边的野花不要采》。那时,我二十一二岁,是厂团支部书记,而其时,他正积极争取要求入团。我当即就严正提醒他注意影响,告诉他,如果喜欢唱歌,可以唱一些健康向上的歌曲,比如《妹妹找哥泪花流》《五讲四美新风吹》《外婆的澎湖湾》等等。事后,我还特意抄了一份《五讲四美新风吹》的曲谱给他。

没过多久,邓丽君的歌声就风靡大江南北。爱时髦的小伙子一手拎着三洋录音机,一手扶着自行车把,在街区飞驰而过,留下一串

"……若是你到小城来,收获特别多……";大街小巷,像雨后的春笋一般冒出来的小商铺、小商场,"甜蜜蜜,你笑得甜蜜蜜"地诱惑着过往的行人;工人文化宫逢年过节的文艺晚会上,邓丽君的歌总是压轴戏……

邓丽君缠绵悱恻、低吟浅唱的独特歌声,对当时的民众来说,就像一阵舒畅的清风吹来,即使是其中那些个淡淡的忧伤、点点的遗憾和丝丝的离愁,也是情感的慰藉,心灵的碰撞。

而我,则更迷醉于邓丽君歌声中的那份美丽。无论是甜美、柔美,或是沾着泪花的幽怨之美,都是传统中国妇女婉约温柔特质的最细腻、最完美的呈现和诠释,不能不叫人百转千回,消融其间。

20世纪90年代中期,我在外地一家化妆品营销公司做打工的总经理。其间,老板出资新开了一家娱乐发展有限公司,由我兼任总经理。娱乐公司的一块业务是夜场酒吧。酒吧前侧有一个矮矮的平台,上面是一架通体洁白笼罩在五彩灯光里的钢琴,如水的乐曲在琴师手指上下翻飞间缓缓流向舞池。演唱小姐只会唱或者说只爱唱邓丽君的歌,据说还是一个中学生,第一次由她父亲陪着来。她一袭纯白的长裙,素洁而文静,在音色、音调、动作上都用心模仿,很有些当年"邓丽君"的样子。

那是一段令人难以忘却的美好时光。每天晚上,服务生会在酒吧的最角落给我留一张小桌子。我默默地窝在软软的圈椅里,泡一杯绿茶,在"邓丽君"委婉动人、细腻圆润的歌声中,在空场时萨克斯那嘹亮、飘逸的器乐声中,温暖地度过一个又一个冷寂的黄昏和夜晚。尤其是在淅淅沥沥的雨季,离家的孤独,打拼的疲惫,都一一在歌声中淡去、飘散……

只要有华人的地方,就有邓丽君的歌声。我们这一代,许多人最好的青春年华差不多就是在邓丽君的歌声中度过的,因此人生中也就有许多的轶事、生活际遇,甚至于命运转折,都与邓丽君的歌声有着这样或那样的交集和联系。

许多次,我想,之所以华人世界,甚至是日本、新加坡、菲律宾等国家,如此之深、如此之久、如此一代又一代地喜爱邓丽君,不仅仅是因为她的歌声之美,一定还在于她的人品之美。在几十年的演艺生涯中,邓丽君参加了无数次义演义卖活动。

1995年5月8日,这颗华人音乐历史上不可替代的巨星陨落。

但陨落不是消失,而是另一种意义的永恒!

每天早上,在因未开灯而有些暗的办公室里,我一遍又一遍静静地听她的歌,仿佛是一次又一次地回望和体会。回望尘封的过往,体会曾经的拥有和失去。《再见!我的爱人》,也让我一阵阵心酸,甚至陪着她泪流满面;优美的《小城故事》,使我沉醉,流连迷失在如诗的想象里;《恰似你的温柔》的那份纯情,让我再次与久违的青春甜蜜对视和相拥;伴着《爱你像一首歌》的旋律,我内心飞扬,真想在浪花盛开的海岸边、秋意香熟的山坡上手舞足蹈,恣意放纵……

> 蓝色花一丛丛
> 名叫作勿忘侬
> 愿你手摘一枝
> 永佩心中

热爱邓丽君,真是一件很美好的事情。

(2016.5)

忆群飞

有些人虽然已经离开了许多年,却依旧会被人们一次又一次地提起,比如徐群飞。

每每有人在微信群里提起,群飞兄的形象便会淡淡地显现在我的脑海里:儒雅、文弱,还有些腼腆局促。说起来,我与群飞兄的相交极其平淡,与他的第一次相识是在何时何处已记不太清,大约是在县柔石文学社成立以后,大概是在文联,那时他还在力洋工作。

我开始学习写作的时候什么文体都写,也写过诗,20 世纪 80 年代是盛产诗人和诗歌的年代,年轻的我难免遭受"蛊惑"。记得在和文友们一起编印的油印文学刊物《野蔷薇》的第一期中,有我的一首小诗(题目忘记了),其中有句"诗情似燕儿贴地飞翔",文友维平兄的一个同学是新生代诗人,他吟读此句后预言这个作者日后必有所成。惭愧惭愧,时至今日,哪有什么所成,我是百分之一百地辜负了他的期待。我的悟性太差,写不了诗,但不妨碍我喜欢诗。柔石文学社里写诗的也不少,阿门、陈剑飞、娄开宇、肖成华等都是,当然还有群飞。当年的他们容颜青涩,诗也青涩,但一有诗作见报,我都会找来认认真真地读,细细体味,享受那一丝隐藏在青涩之中的鲜甜。

群飞的诗质朴纯真,直抒胸臆,仿佛一支小小溪流,清澈,自在,潺潺奔向远方。

"你的脸上有多少皱纹 / 此刻正在一条条延伸 / 延伸进父亲的

梦里,延伸进孩子的梦里／延伸进岁月的角角落落／到处都扎下你坚韧的根须／扎下你对明天的期望……"(《妈妈》)

"只是那灯光,似乎不甘于那／局促而阴暗的一隅／于无数的窗口门缝中逸出来／在树荫斑驳的山地上／投下自己灿亮而又朦胧的憧憬"(《暮色中的小山村》)

群飞的诗来自日常生活,是诗人在平凡俗世中具有个性特质的凝视、想象与沉思。

"一种与生俱来／融合进我们血液中的物质／在你孤弱无依时／会让你的脊梁挺直"(《爱国主义》)。直白的诗句,不装腔、不矫情、不造作,见素而抱朴,但群飞就是这样将他心中涌动的诗意深情唱响,把平常真实中蕴含的美好和温暖送到每一个心灵深处,让读者看见深蕴在生活里的厚德、闪光的精神价值。

见过群飞的人一定会对他谦谦的诗人气质印象深刻。群飞是一个浸润诗中、以诗度日的人。"开始的时候几乎每天都写,把诗当作日记,一天不写,似乎便失落了什么,整天郁郁寡欢。""那时确确实实是沉醉在诗里。少的时候一天一首,多的时候一天三五首。印象最深的一次是灵感来了,从黄昏一直写到第二天凌晨,一气写了18首。诗句像潮水一样滚滚而来,想挡也挡不住,只恨自己没有三头六臂,书写的速度远远跟不上思维的速度。"诗是群飞的日常,是他的情感所系所依,正如他自己所说的,诗是这个充满是非曲直的尘世间不可或缺的"深呼吸"。

我常常为群飞的诗所打动,有那么一天,我萌生了给群飞的诗写一篇评论的想法,就主动联系他,索要更多的作品(那时候他还没有诗集出版)以供研读。十几天后,想不到他从力洋给我寄来了厚厚一叠诗稿,是用钢笔抄写在方格稿纸上的,字迹工整、秀气。可后来,我终究没有写成这篇评论,现在除了遗憾,更多的是因永远无法弥补而深感愧疚。

2001年初，政府机构改革，我从县农经委进入新建立的县农林局。那时候一到11月至次年4月森林防火期，因炼山、烧田坎、祭祀，再加上登山游玩的人多，市民防火意识相对淡薄，出火点接二连三。当时县农林局和乡镇干部是扑救森林火灾的主要力量。2004年4月4日午后，我们小分队驰援一市镇行者山扑火，谁知一股劲风突然袭来，行将奄奄一息的山火霎时疯狂，像一头凶狠恶毒的怪兽，闪电一般掠过两三道山梁，同事老潘和两个镇农办干部因之不幸遇难。县委县政府为了表彰和弘扬他们的英勇事迹，决定出一部报告文学。5年前的1999年9月，群飞为1997年11月4日宁海县桥头胡镇汶溪周信用社发生的一起震惊全省的特大金融抢劫杀人案告破而撰写的报告文学《正气之歌》出版，广受好评，所以这一次，县领导把这个写作任务同样交给了他，于是就有了之后他撰写出版的报告文学《在烈火中永生》。我是扑火小分队队长，当时就在现场，而且与老潘是多年的同事，自然成了群飞采访的首选对象。群飞认真、严谨的工作态度给我留下了很深的印象。记得有一次我下乡，告诉他说不准晚上什么时候才会回来，但他坚持要等到我，结果他在我们局机关门卫等了3个多小时。还有一次是已过子夜，我接到他从办公室打来的电话，就为了弄清楚一个小细节。我回忆到大火过后我独自一人第一时间寻找到倒在焦土上的3位英雄，看到他们被烧得面目全非的惨状，不由悲从心生，在山坡上放声恸哭时，我看见群飞眼眶里也有亮晶晶的东西在闪动……

第十一届茅盾文学奖获得者、作家杨志军说，自己把写作当"朝拜"。我觉得，群飞也近乎如此。他在《正气之歌》的后记中写道："原以为已经搞懂了的问题，原以为已经掌握了的过程，写作中又暴露出其中的粗疏之处、缺漏之处，于是又一次次地下去采访，又一次次地打电话核实。写作的过程，何尝不是一个求真求美的过程。"

2007年12月，我从宁海调到宁波市林业局工作。次年，按照局领导要求,我着手负责《宁波林业》(季刊·内部刊物)的创刊工作,2009年1月出版了第1期。《宁波林业》开设了文学栏目,为组织专栏稿件,我费尽心思,记得曾向许多文朋诗友求助过。那时我第一个想到的就是群飞,他听后一口答应,很快发过来3首适合杂志性质的诗作:《树》《树的热望》《珍惜春天》,刊登在2009年第3期。2009年第4期10月份出版,恰逢中华人民共和国成立六十周年,我又致电群飞请求帮助,结果这一次给我的不是他自己的作品,而是以《祝福祖国》为总标题,组了其他4位作者共3个版面的诗作。2010年第3期,再次刊登了群飞的3首诗:《胡陈桃花》《桃》《夏天》。最后一次收下群飞的3首诗作《不断摆动的叶子》《老乌桕树》《路边菊》是在2010年底,我把它们刊登在了2011年第1期。不想,几个月后突然就传来了群飞去世的消息!

　　如果我稍微细心一点点,我是能够在早些时候察觉群飞的一些异样的,就不会时时追着他催要稿子。在我寻求群飞帮助的最后近两年时间,也应该是群飞备受疾病折磨和与病魔顽强抗争的最后两年。有时与群飞通话,我从耳机的声音中有感觉到他的疲惫无力,但我以为那是他惯有的儒雅和文弱;也有些时候,他会不接电话(可能是在医院治疗),而后在回电时告诉我,他在外地,回去后会把稿子发过来……我真的难以想象,一个生命垂危的人,还依然可以伸出援手帮助别人,还依然为"树""叶子""桃花""菊"等平凡事物纵情歌唱,礼赞生命的丰饶和美好,他该具有怎样的一种毅力和人格精神!

　　哦,这应该都出自他对诗的无限热爱吧。

　　感谢群飞!难忘群飞!

(2023.7)

第四章
Chapter4

乐活时光

剪报记

每天上午 10 点半左右，收发会将一叠墨香盈鼻的报纸放到我的办公桌上。

打开《光明日报》，又见每周期待的《光明文化周末》专刊，"文荟"版依旧是整版的重头文章，今天刊登的是与窗外寒冷的天气和拼搏正酣的北京冬奥会相关联的《一阕冰雪诗，千秋家国心》。细细读罢，操起剪刀将整篇文章小心剪下来，用胶水粘贴在剪贴本上，然后将报纸大出本子的边缘折叠齐整。

这样的剪贴工作，我已经断断续续做了几十年。

在没有网络、信息迟滞的年代，剪报不失为收集和积累资料的一个好办法。

1978 年 11 月，我高中毕业后招工进入宁海茶厂。那时茶厂土木建设方兴未艾，大跨度的制茶车间刚刚结顶。新年元旦前夕，我们一同招工的 40 多位新职工被一起送往金华祝枫亭茶厂进行为期 3 个月的培训，学习车间生产管理和茶叶精制工艺。经过 1 个月的上机实习和理论测评，定岗时我被分配到车间办公室做统计工作。1979 年 2 月 17 日，《人民日报》刊发《是可忍，孰不可忍》著名社论，拉开了我国"对越自卫反击，保卫边疆作战"的序幕。那段时间，我被人民解放军各部指战员穿插东溪、会攻高平、缠斗同登、决战谅山，被苦战中无数战斗英雄的英勇事迹深深感动着。我想要把这些"最可爱的人"的战斗故事收集起来。车间办公室只有一张《浙江日报》，每天师傅们轮流看完，都会整整齐齐地夹在报夹挂到报架上。那时候，报纸是重要的学习资料，且所有的旧报纸会定期被单位后勤部门统一回收，而我是一个外人，自然无权剪报，我决定抄。每天吃过晚餐，我就一个人躲进办公室抄报纸。一个晚上，我得将当天的英雄事迹的所有通讯全部抄下来，最多时有一个多版面，因此常常抄到深夜，抄得手臂酸胀。那是一个个春寒料峭的夜晚，我沉浸在笔下可歌可泣的英雄故事里，并不觉得冷，忘我得常常不知道车间里机器运转时的轰鸣声是什么时候停息的……

  我的第一本剪贴本是用厂里的信笺纸装订成的。封面上贴了一张我从报纸上剪下来的副刊刊头的配图，忘了是《浙江日报》的还是《工人日报》的，是一幅国画"雏鹰竹石图"，能辨得出落款处"时值庚申冬月作于香港"几个字，画下是副刊刊名"百花园地"和"第318期"。40多年过去了，纸质封面早已泛黄，生出了许多浓浓淡淡的斑点，像沉积了那些悄然逝去的时光。

  那时我十八九岁，年轻，所以剪报内容也充满了青春的气息。翻开第一页，是当年杭州大学学生马莉琳铿锵激昂的演讲稿《祖国与我》，还有《青年要争当改革的闯将》《说青年的眼光》《他们是自学成才的典范》等，都是激情澎湃、意气风发的。从一开始，我就不限定剪贴的内容，无论是政论文章，历史人文，新概念新思潮，科技创新，还是旅游、美食，生活小常识，"上至天文地理，下至鸡毛蒜皮"，只要一见喜欢，就剪之贴之，如《生活里没有观众》《"典型学"存疑》《用人之长与容人之短》《"信息"的科学含义是什么？》《动物纪念碑》等等。我还喜欢将它们杂乱无章地贴在一起，这样在后续阅读时就不会觉得单调，可以让思想在互不相干的内容间跳跃、碰撞。

  后来《宁波报》复刊，我们车间办公室才又多了一张报纸，但厂部几个办公室的报架上却有不少别的报纸，《人民日报》《工人日报》

《中国青年报》《参考消息》等等。它们那样强烈地诱惑着我。为了能看更多的报纸,我尽量与相关同事搞好关系,在做完手头工作后,就迫不及待地钻到他们的办公室去看,一两天去一个办公室,十天半个月轮流一次。去看的时候带上纸和笔,看到喜欢的文章就把报纸名称和刊登日期记下来。等到过了一段时间,报夹上的报纸多了,夹不住新报纸的时候,办公室的同事就会把旧报纸取下来,用细绳简单捆扎一下,堆放在文件柜的角落里,等积攒到一定数量再作处理。这个时候我的机会就来了。我会把旧报纸借出来,按照记录的报纸名称和刊登日期把自己想要的文章一一剪下来。

接下来是粘贴。以前没有胶水,但有一种叫"化学糨糊"的东西。化学糨糊是干品,棉花状,却没有棉花那样白净松软。使用时,只要按一定比例将化学糨糊放进温水中不断搅拌,它就会与水融为一体,变成黏糊糊的糨糊,很方便。为了尽量贴满整张信笺纸,做到既美观又不浪费(那时候领用一本信笺是要经车间主任签字同意的),先得根据剪报版面大小和文章本身是横排还是竖排进行"拼图",然后将剪报背面均匀地涂上糨糊,对边整齐地贴上去。一页完成粘贴,就在底下垫上一张其他废纸,以免糨糊的潮湿影响到后面一页。粘贴工作结束后,再在剪贴本上面压上几本厚重的书籍,这样等糨糊干了后,因湿起皱的纸张就会复归平整。那时做什么都很认真,不像现在这么马虎,能粘住不掉就行。

妻也是一名"剪友"。她喜欢医疗知识,以前家里常年订阅《家庭医生报》,她会把那些自认为比较实用的就医用药、发病诊断、秘方偏方和专家讲座等剪下来,又找了五六本工作笔记本,在封面上工工整整地写上"内科""外科""儿科""心血管科"等,一科一本,分门别类。碰到家里谁有个头痛脑热,她就对着症状找出来,哗哗哗地查看。

光阴更迭,时序前行。如今,世界已进入一个更为开放、更为多元的崭新时代,网络缩小了时空,也为我们获得所需信息提供了便利。我也喜欢动动指头,毫不费力地直接从网上下载所需资料(我私底下称之为"剪屏")。下载的资料越来越多,我就建立了一些专门文件夹用来保存,并将这些文件夹命名为"好看1""好看2""好看3""好看4"……

但我仍然深深地热爱着那些墨香盈鼻的报纸。"剪"无止境,报纸是我无法舍弃的情结。现在报纸多了,读报的人却越来越少了,甚至于已为数寥寥。在单位里,收发的同志知道我喜欢看报纸,除了我订阅的,也会将一些"无人认领"的、重份的和赠送的报纸都送给我,所以我每天都会收到厚厚一叠报纸。这样的免费"福利",让我开心无比。在翻读报纸之前,我会将抄写本、水笔、剪刀、胶水和剪贴本等一应工具一一放置在手边。这个准备的过程,仿佛是迎接一个庄严时刻前的净手或焚香,充满了仪式感。

读报并不是泛泛浏览,得像一个机智、警惕的猎手,目光炯然,在一片文字的丛林中搜寻、发现心仪的目标。碰到警句、格言和入心入脑的句子和小段落,我就随手抄在抄写本上,俗话说"好记性不如烂笔头"。我也喜欢集报,收集一些有深度的、全景式的专题,比如《光明日报》的《新中国文学记忆》:以连续刊登形式,一周一期,每期跨版两版,半年时间共推出了23期,从1956年贺敬之发表于《延河》杂志的《回延安》到《三体》和近十年百花齐放的新世纪文学,通过设置作品产生背景、文本评析、传播与影响等版块,进行了历史节点式的展示和系统性回顾,很有珍藏价值。还有纪念中国共产党成立100周年的《光辉的历程》《永恒的经典》,以及有关2008年北京奥运会的,我都悉数收集,每一个专题都不曾遗漏一张报纸。当然,日常里让我乐此不疲的还是剪报。现在,我的报纸我做主,我可以无所顾忌地剪走我喜欢的文章。特别值得一提的是,《宁波晚报》副刊《三江月》上的王太生、米丽宏、桑飞月、耿艳菊等都是我十分喜爱的作者,他们那些令人心醉神迷的美文轮番走进我的剪贴本,我常常在倦怠和寂寞的黄昏与之不期而遇……

剪报为我的散文创作奠定了坚实的基础,我的许多作品,比如《藕花深处》《低碳生活》《微笑》等都得益于资料的长期积累。

不过,像我这样的剪报人,现在可能是所剩无几了。

（2022.2）

喝茶记

我的喝茶史,可追溯到招工上班的第一天。

那是 1978 年,我 16 周岁。11 月末的一天,天气宜人,我们 40 多个新职工结束了为期几天的短期培训,从县供销社机关出发,一路步行,出西门,经黄泥山,过双水村,到达辛岭自北向南的干溪和自西向东的洋溪呈倒"丁"字形交汇相接的一块冲积滩地。这里,一座为宁海创建全国 5 万亩茶叶基地县相配套的精制茶厂正在如火如荼地建设中。负责接待的同志给我们每人泡了一杯茉莉花茶,这是我平生第一次喝用茶叶泡的茶水,茉莉花茶那浓郁的馨香就这样深深地留在了我的记忆里。但真正"征服"我,使我与之从此浓情相伴的,却是清香馥郁,有着一种与生涩、酸涩、咸涩、苦涩和青涩截然不同的涩味的,可以从舌尖透彻至心头,叫人心旷神怡的绿茶。

每年清明过后不久,茶农们投售给乡镇供销社收购站的烘青毛茶就会陆续不断地被运进茶厂。早一天,就有司炉的职工开炉生火,青烟从锅炉房的烟囱袅袅升起。第二天,制茶车间主任按下电钮,"大联装"流水作业线便轰然作响,紧接着,圆筛、抖筛和清风等一道道工序依次运行起来,整个车间机声隆隆。不一会儿,沁人心脾的茶叶清香便在厂区弥漫开来。

通常在这个时候,我们会拿两三只大号的铁皮茶样罐进入车间,在烘干机的下茶口接取、装满,放在办公室留作一年的口粮茶。厂里的女职工大多是不碰茶叶的,但几年下来,茶厂好似太上老君的"炼丹炉",把男职工一个个炼成了无茶不欢、嗜茶如命的"超级茶鬼"。我也不例外。

每天一上班,无论是坐办公室的,还是在车间干活的,第一件事就是泡茶。茶泡好了,心就踏实了,才能该干嘛就干嘛。我们大都喜欢用厂里统一发的搪瓷茶缸泡茶,这种搪瓷茶缸很大,足有近5斤的容量,外面印着"中茶"图案和单位名称,白底红字,分外醒目。茶厂人喝茶,不为风雅,只图畅快。茶厂茶叶多,抓满满一把放进茶缸,泡开时往往只见满满一缸舒展开来的茶叶,看不见一点点茶水,外人见了,一定会惊得半天合不拢嘴。双手端起茶缸,滋滋有声地汲上几口茶水,一股浓浓的涩味顷刻间就让茶鬼们翘首以待的舌头欢喜得心花怒放,不亦乐乎。茶厂人最是好"涩",这一口浓极至苦的"酽"重涩味一般人是消受不了的哦。我们从来不洗茶缸(除了缸沿),茶缸内壁被焦黄的茶渍一次次浸染,如此日复一日,月复一月,年复一年,原本白色的缸壁终于全面"失守",被严严实实地蒙上了一层厚厚的茶垢。这茶垢,似脏不脏,外人不屑,自己欢爱。那时基本不采秋茶,所以一到秋冬季节,便是茶厂的淡季,这时茶厂加工好的成品筛号茶俱被省茶叶公司调运走了,仓库里空荡荡的。倘若这个时候自己所藏的口粮茶也已消耗殆尽,那么别着急,你只管将白开水冲入茶缸,缸壁上那厚厚的茶垢一定会在开水的不断"鼓励"下将茶味一点一点地释放出来,伴你度过难挨的"茶荒"时刻。

在我44年的职业生涯中,其中有在县茶厂11年、县农经委和县农林局10年、市林业局11年,整整32年。占工龄三分之二的工作经历都与茶叶有着或多或少的关联,因此我有幸品尝过许多不同种类的茶,如红茶、黄茶、青茶、白茶、黑茶,如正山红、铁观音、普洱、龙井、碧螺春,但都仅限于品,品过即止,我心心念念的还是绿茶。绿茶茶汤流转在口腔里,那种汲天地清气的醇厚和温润,熨帖的却是内心。茶,真是有些玄妙的事物。

好在我们宁波盛产绿茶,随时随地想一解绿茶之瘾不是一件难事。宁波地处东南沿海，以丘陵地形为主，天台山和四明山两大山脉在境域内交会，峰高千米，云雾缭绕，很适宜茶叶生长。全市有 20 多万亩茶园，95% 以上是炒制绿茶。宁波是我国绿茶主产区之一，也是代表全国最高级别的名优绿茶评比的"中绿杯"永久落户评选地。

宁波绿茶形胜质优，口味纯正。其中首推浙江省十大名茶之一的宁海望海茶，其外形细嫩、紧直、纤秀、绿润、匀整，入水后，一根根叶尖秀挺向上，直立于杯底，犹如水中芭蕾，有一股嫩栗子香盈鼻，入喉则滋味鲜醇回甘。印雪白茶是宁波市级公共品牌，芽叶抱折成卷、曲如钩月，汤色翠绿柔亮，其氨基酸含量高达 11.07%，创茶叶氨基酸的世界之最，品饮之时，莹莹汤色润齿唇，给人以汤翠极、味鲜极、香郁极的"三极"享受。奉化曲毫外形肥壮、盘曲、多毫，一经冲泡，肥嫩成朵，入口醇厚，甘爽好喝。"野花常捧露，山叶自吟风"，北仑的三山玉叶茶，其形扁平光滑、挺直尖削，银毫偶显，香气清高持久，茶水在口腔里柔和甘芳，回味隽永。余姚的瀑布仙茗则紧实浑圆似笋或挺秀似针，汤色清绿明亮，一饮涤昏寐，再饮清我神，三饮便得道，自有一番独特感受。宁海望府茶以肥壮多毫的典型风格在绿茶中独树一帜，1998 年望府茶获中国农业科学院颁发的有机茶生产、加工、销售证书，1999 年起至今获得了国际 IMO 有机茶生产、加工、销售证书，真正成为无污染、无公害、高品位的有机食品，故有茶友赞曰：满披白毫，人见人爱，滋味鲜爽，齿颊留香，一饮难忘。此外，宁波绿茶还有四明龙尖、天池翠、宁海第一尖等等。

当然，这些都是采自清明前乃至春节前后，由制茶师精心创制的名优绿茶。有道是"明前茶，贵如金"，我也只是偶尔得以品尝一下。20 多年来，我的口粮茶一成不变，是出自望海岗的望海茶大宗茶。

望海岗位于家乡宁海县域西部，系天台山余脉，海拔近千米，山上植被茂密，终年朝云夕雾，光照充足，土层深 80 厘米以上，土壤 pH 值 4.5~6.5，有机质含量大于 1.5%，远离生活区和工业区，生态环境优越。清明后,望海岗的特级名优望海茶全部采制完成,机采、初制加工、粗放的大宗茶就紧接着陆续上市了。每年的5月上中旬,望海岗茶场的俞总就会在朋友圈提醒大家:今年要买大宗茶的可以预订数量了。于是妻子会一一打电话问一下爱喝茶的亲戚、朋友,统计好数量,然后报给俞总。

我第一次买望海岗大宗茶是在20世纪末,第一年买是每斤40元,以后每年每斤增加10元(只有少数几个年份没有加价),去年、今年已经卖到了每斤180元。尽管年年提价,但那些热爱这号大宗茶的茶客依旧争先恐后地报数,大家都知道,假如报迟了,没茶叶了,那是要挨"饿"整整一年的!

如果说望海岗的名优茶犹如名门淑女,窈窕、秀美、尊贵,那么,其貌不扬的望海岗大宗茶就是一乡野汉子,深情厚实、绵长持久。史有"茶仙"之称的唐人卢仝在《七碗茶诗》中写道:"一碗喉吻润,二碗破孤闷,三碗搜枯肠,唯有文字五千卷。"他最后说:"七碗吃不得也,唯觉两腋习习清风生。"我不清楚卢仝当年泡的是什么茶,我想,如果他知道我每天早上抓一大把望海岗大宗茶泡之,一整天不用换茶叶,喝掉两个热水瓶的水后仍然茶香不消、涩而有味,还会咋呼"七碗吃不得也"以警世人吗?

有些人不可一日无茶,而我,则不可一时无茶,若一时无茶,则懒,则蒙,则悗,则恍惚,则不安。我不抽烟,写作时必备茶于左右,茶使文思如泉涌。夜读时,一口茶一页书,如吞服文字,津津有味。出行或徒步,喝一口茶,就仿佛添一股精气神。何以解忧,唯有绿茶;何以佐兴,舍绿茶其谁!即使下厨做羹汤,有茶在侧,则必定椒红韭绿,色香味无可挑剔⋯⋯鲁迅说:"有好茶喝,会喝好茶,是一种'清福'。"真是。

最是喜欢在曙色熹微的黎明和细雨缠绵的黄昏独自凭窗而饮,在这样的时刻,我会觉得一切都在茶中,一切又都不在茶中。

(2022.8)

野炊记

少年时代,学校组织的野炊活动是我们时常回味和期盼的乐活时光之一。

"水光山色与人亲"的清秋,我们年级段几个班组成的野炊队伍出城东,过南门外,沿洋溪岸踢踢踏踏一路迤逦南下。同学们背的背、抬的抬、担的担,锅碗瓢盆丁零当啷的碰撞声,同学们叽叽喳喳的喧闹声,被爽朗的风送去很远、很远。突然,"哔哔哔,哔哔哔",一阵急促的哨声响起,同学们像多米诺骨牌纷纷就地伏倒,大气不敢喘一下,绵延一路的欢歌笑语戛然而止,霎时一片肃静。这是途中的防空演习。过 5 分钟,"哔——哔——",哨声又起,这次的哨声绵长而柔和,意味着警报解除。女同学们匆忙爬起,忙着拍打沾在衣服和头发上的尘土、草屑,男同学们则一骨碌跳将起来,灰头土脸也全然不顾。正在这时,前面一女生突然放声大哭起来,一会儿,像是传染和回应,男生们所在的队伍后头也嘈杂起来。原来,在仓促伏倒时,肩头竹杠猛然滑落撞在地面的石头上,女生打碎了两只碗,男生洒了半勺子米,一些红薯从篮子里蹦跳出来,滚了一地。

我们的目的地是水车下陈,白溪下游的一片滩地。溪边芦花丛丛,开得正好。恰是枯水季节,溪流瘦弱了许多,溪床裸露着大片灰白的大大小小的卵石。大家各自找好位置,垒灶的垒灶,洗刷的洗刷,溪滩上一片沸腾。我们是按照学习小组组团活动的,六七个人一组。每组自主商定带的主食,不外是大米、年糕和面条,煮的煮,炒的炒,蒸的蒸,按着自己喜欢的口味做。准备了红薯的就简单了,只要丢进柴火堆里煨,也有个别农村来的同学更简单,将红薯在溪水里洗干净,皮也不削,生吃。男同学大都笨手笨脚的,这不,那边几个人围在一起折腾,一忽儿胡乱拨弄几下锅底的柴火,一忽儿轮番上阵鼓起腮帮子呼呼地吹,个个脸上黑一块、灰一块的。眼看着火苗摇摇晃晃地起来了,但眨巴了两下又偃旗息鼓了,一个个沮丧得直跺脚。折腾了好一会儿,溪滩上终于升起了一股股炊烟。少顷,米饭渐熟的馨香、红薯甜腻的焦香就在滩地上荡漾开来。当然,米饭夹生的或焦了的、面条煮烟的也为数不少。

那是20世纪70年代初期,城乡之间的物质条件还是有一定差别的。农村同学的自备菜往往以咸货为主,如腐乳、臭冬瓜、炒咸菜等,也有什么都没有带的;城里的、条件稍好的同学,父母为他们准备的就丰富多了,有咸菜炒肉丝,有油豆腐焯五花肉,有油煎酱带鱼,甚至还有红烧肉等等。不过同一小组的,都不分你我,不计较菜好菜差,即使是昨天刚刚打过一架还鼻青脸肿的男同学,这个时候也你一箸,我一筷,嘻嘻哈哈,所有的不快早已烟消云散。

学生时代的纯真纯朴纯洁至今萦绕在我的心头。

妻子最是向往青山绿水,双休或节假日,倘若天气晴好,就打电话联系兄弟姊妹几家,或楼上楼下邻居,或趣味相投的同事,不厌其烦——询问相约去野炊。

开始的时候,参加野炊的各家各自采买些水果、熟食和糕点,后备厢里装上几罐饮料、啤酒,找一块林间平地,摊上一张塑料布,把食物凑在一起,大家席地围成一圈,在一声长一声短的鸟鸣中开怀畅饮,大快朵颐。后来不满足了,寻思着得有一些冒热乎气的食物,便在家里做好,放在保温箱或高压锅里随车带上,比如玉米棒、烤土豆、五香茶叶蛋。再后来,置办了烧烤炉。野外烧烤就有点复杂了,一是须起大早去市场采购，什么鸡翅、火腿肠、鱿鱼、五花肉、青菜、年糕，买回家洗净，切片的切片，切丁的切丁，花刀的花刀，该腌的还得腌一下，然后用烧烤签一串串穿好；二是得准备各种调味品，色拉油、酱油、米醋、辣椒油、五香粉、黄豆酱，该有的都得有，人多口味杂啊；三是要带够柴火或木炭。光准备工作就得折腾小半天。在一次次的活动过程中，妻相继添置了一些"重型装备"，比如两只大铁锅，一只做饭，一只炒菜。多大？锅口够两个成年人张臂环抱。两把长柄大号铁铲。多长？差不多可及1.7米个子的我的腋下。八把钢制折叠布椅，一张撑桌，一只露营睡袋。最让你瞠目结舌的是还买了一顶个头不小的遮阳伞！她说，外孙女小，细皮嫩肉的，万一下雨或阳光猛烈，都能遮挡一下。后备厢根本装不进遮阳伞，只有放倒副驾驶座才能马马虎虎让它"躺"舒坦了。

当然，野炊并不只为一饱口福，也在于蕴于其中的野趣、童趣和乐趣，在于人与人之间的那份随意，那份单纯，那份无心，在于之外的一些东西。

宁海是宁波市唯一的山区县，境内溪流纵横，山水间的一隅一角，不乏称心如意的野炊地点。大家忙活的时候，我却尤其喜欢独自一个人在周边走走，看看。宁海于西晋太康元年（280）设县，距今已1700多年，生活在这片土地上的子民耕读勤勉，文脉绵长，其中叶梦鼎、胡三省、方孝孺、潘天寿、柔石等皆为国之英才。我不止一次在归云洞，在方孝孺读书处，在雷婆头峰，在文峰塔等人文遗迹处徘徊、伫立，缅怀他们饱读诗书、志存高远、正直无我的人生，心中充满了崇敬和赞佩。我也常常循着落满光阴的霞客古道和近年建设的国家级健身步道走一段，领略家乡"云散日朗，人意山光，俱有喜态"的旖旎风光。新农村也是值得一看的景致，许家山石头村、葛家村、骆家坑村、海头村等等，旧貌新颜，各具特色。特别是在游人稀少的时候，走在整洁干净、静悄悄的村子里，摸一摸阳光下微暖的石头，看草花盛开或谢落,遥望海湾那边潮涨又潮去,或者随意推开一个小院的木门,沿着爬山虎招摇的青枝绿叶向上仰望,目光最后停留在沧桑包浆的石窗上,心灵会是怎样的静谧和安宁……

哦,扯得有点远了,话说回来。

有一次午后,大家酒足饭饱,我正想将自己"躺平"在溪滩上眯一会儿,却见一大片漆黑的乌云从山巅之上翻卷而来。要下雨了!未等我们打理妥当,豆子大的雨点就哗啦啦地下来了。大家拎了大包小包拔腿就跑(那时还没买遮阳伞)。到达车子边,我问身后一个朋友忘了什么没有。他说,都拿了,就是那两三包垃圾还在溪滩上。这怎么行,冲到溪里去不好,走,我们去拿。我们重新冲进大雨中,将溪滩收拾干净。那个时候,我们浑身上下没有一处是干的。

我在农林部门工作多年,十分清楚野外用火的责任和引发森林火灾意味着什么,所以每次用火后,我都会仔细检查一遍,确认火灭灰冷。文明野炊,生态野炊,安全野炊,是必须的。

还有一次,早上正准备出发,一个朋友来电话说上午临时有事,但又不想错过这次野炊,建议将活动时间改为下午。妻子征询了其他朋友的意见,大家都说好。

我们知道晚秋的夜来得早,驾车到达目的地后就垒灶生火。谁知夕阳西下,山里的暮色比我们预想的还要早,不待大家举杯开喝,天就暗了。一切都被夜的黑幕遮蔽了,四周山峦高耸,我们像被丢弃在一个巨大的密不透风的深井里。

这时,妻却说,没事,我准备了些防风蜡烛。我这才想起,她上午离家出去过一次。

她和女伴们拿着蜡烛去点,一支点亮了,又一支点亮了,这边点亮了,那边也点亮了,50支蜡烛散布在溪滩上,一时间闪闪烁烁,仿佛一簇飞落九天的星团。

面对此情此景,我不由想起一句话:惊喜无处不在。是的,只要我们足够认真地对待生活,不负日常,生活总会不经意地以某种方式打开它深蕴的美好,回馈我们。

(2022.11)

出书记

会员新书分享会是县作家协会每月文学沙龙的一个品牌活动项目。

近几个月,宁海籍作家杨东标老师的《柔石二十章》再版分享会、潘志光老师的诗集《陡峭的春天和秋天》分享会、应满云的诗集《闲云记》分享会、赵安炉的散文集《第一场雪》分享会等等,一场紧接一场,好似不停地往灶膛里添加一把把干柴,有关出书的话题就在相关的微信群里一次次成为燃点、热点和沸点。

前不久,县里一个叫章麒的青年作家把自己历年的作品汇成集子,取《浮生平安》名,分上下两卷,在文印店彩印了 20 套,赠送给亲朋好友。我想,这大概是他想以此作为一个阶段性的小结,另外也是过把"出书"瘾吧。

是啊,又有哪一个写作者不是身在井隅心向璀璨,不做一做出书的梦呢?

县作协主席是人民文学奖得主、著名诗人阿门,他的诗作精致隽永、意象玄奇、蕴寓深厚,是《诗刊》《人民文学》《中国作家》《星星》等大牌刊物的"常客",至今已出版《门里门外》《开门见诗》《半生史》等多部个人诗集。他的作品入选各种合集、选本的不计其数。但在青涩的文学青年时代,出版一本自己的诗集,也是阿门朝思暮想的事。那是 1990 年前后,阿门二十几岁,他连续几年编辑"出版"油印的"阿门诗选",一年精选一本,记得有《抒情的武器》《颂歌再起》《爱神的背影》等。

我至今还保存着一本他的《爱神的背影》。这本诗选是25张A4纸对折,不是复印纸,只是普通白纸,连头至尾只有50页,薄薄的。封面封底也不是另纸装帧,两枚钉书钉就这么卧在封面左侧(30多年过去了,钉子已生锈迹)。内页是手工打字机打印的(当年已经有电脑打字,但价格不低),也非电脑排版,故字距行距差别甚多,字体用墨浓淡不匀。看上去有些简陋,甚至寒酸。

但在整体编排上,该有的都有。封面正中竖排书名,"爱神的背影"5个宋体字比"初号"字体还要大一点,端庄、醒目;一弦弯月,悬在右上角,悠悠晃晃,有一些木刻般的韵味;左下角是一少女半身背影,一袭方格束腰连衣裙,曲线妩媚,丰满而窈窕,头戴一顶宽檐草帽,帽子两边有两串编织状的饰物,玉臂弯弯挽着一只花篮,篮中花朵硕大,开得正盛,辨不清是月季、玫瑰还是牡丹。整体看,封面简洁、切题,富有诗意,这也不禁让人联想起阿门后来写的一首诗《花神》的最后几句:"是的,面对花神/歌唱或热爱/远远没有结束和开始。"封二是一张作者坐在藤椅上阅读的黑白小照和献给亲人、朋友们的几行题词。接下来是目录,26首诗编为《最初的十四行》《一个人的两重奏》《感情危机录》《另一种素描》《幕落的掌声》5小辑。最后是题为《与诗同行》的后记,其中作者写道:"这些年,我一直不想多说话,总想多写诗,写好诗。诗似禅语不可说。用话说诗总觉得有些说不清楚,而将诗静放于那里自然清楚不过了。认为诗是心路历程。"这,或许是阿门最早关于诗的理论阐述。封底还具名具姓地标注了封面设计和责任编辑。

当然,我也不例外。我的出书梦漫长而艰辛。

大约是从小学四年级第一次读小说《红岩》起,到初中期间,由兴趣而热爱,由热爱而如饥似渴,是我一生中第一个大量阅读的时期。每次阅读后合上书本,我都会凝视作者名字良久,成为一名作家,在一本书的封面印上自己的名字,从那时起就是我的一个梦。

16岁,高中毕业赋闲在家的那个夏天,我第一次投稿。我向母亲要了一只单位的信封,装入稿子,封好,将信封剪去一角(那时投稿不用贴邮票,剪角即可),投寄给《浙江日报》,真正开始了我的"圆梦"行动。此后十几年,我自觉、不懈努力地学习和创作,尽管陆陆续续在省市报刊上发表了一些作品,但毕竟天赋有限,收成不丰。

生活并不会尽遂人意。30岁出头时,为生计我告别妻女,开始了为期近4年的打工生涯,颠沛漂泊,我的作家梦也因此戛然而止。

梦断了,但对文学"中毒"弥久犹深,真正要做到断舍离也是极不容易的。有一次子夜醒来辗转难眠,我披衣下床仰望窗外星辰寥落的夜空,感慨许多。我决定将自己的作品汇编起来,一来是和"缪斯女神"作个诀别,二来也是留一点念想。

这实在是一个费时费力费神的"大工程"。我先去印刷厂托人印了一批书本大小的方格稿纸,然后一篇一篇认认真真、工工整整地用钢笔抄写上去。那时候,我在宁波一个法国品牌的化妆品营销公司上班,工作之余,我一门心思抄写稿子,常常抄到夜深人静。就这样,我断断续续抄了4个多月,除了几个篇幅较长的报告文学和戏剧论文,能搜集到的见报的和没有见报的都手工誊抄了一遍。

我将手抄书命名为《叩环集》,取叩响文学殿堂之门环之意。《叩环集》厚厚的上下两卷,上卷是小说,下卷是散文及其他。我加了一个素色的封面,"叩环集"3个字采用琥珀体,下面是仿宋的"魏人彪/著"。万事俱备,我委托公司本部的主办会计阿宝师傅找了一家印刷厂进行装订、切边。

《叩环集》大功告成之时,不知为什么,我却欢欣不起来。我将它插入书架,从此"藕断",暂且放下。

是的,我说的是"藕断",因为在这之前和其后"放下"的20多年里，仍有偶尔为之之"丝连"。比如，1994年4月在《深圳法制报》发表了散文诗《面对塑像》，1995年在《文学港》发表了小说《形式》，2000年在《宁波日报》发表了微型小说《兆丰老汉》，另外还积累了许多写作素材。这些是题外话。

直到2014年初，为了在键盘上练习打字，我将《叩环集》破线拆开，拆下一篇打一篇，打完一篇再拆一篇，所有作品建成电子文档留存。

早在2007年12月，我从宁海调到宁波市林业局工作。次年，按照局领导要求，我着手负责《宁波林业》（内部刊物）的创刊工作，2009年1月出版了第1期。《宁波林业》开设了文学栏目，为组织专栏稿件，我费尽心思，有时实在没有办法，只得自己信手涂写一二，这就有了《随笔二题》《随笔三题》等等。不想，《浙江林业》的编辑看上了《随笔三题》，转发在2014年7月的杂志上，之后又多次来电约稿，重新点燃了我的创作欲望和激情。

席勒说："人应该忠于年轻时的梦想。"那个时候，文学梦、出书梦像春风中的青草，在我的心里再度悄然萌发，破土而生。

这一次，我决心要把梦想变为现实。我给自己制订了一个计划和目标：每月写一篇，五年后汇集成书。

那几年，正是我本职工作和兼任工作任务最繁重的时期，"5+2""白加黑"成为阶段性的常态。然而我只是偶有松懈，长的数千字，短的几百字，一两个月创作完成一个作品。

我当时就确定了作品集的书名：《流年中的野蔷薇》，并专门建了一个文件夹，完成一篇丢进去一篇。因此许多时候，我都觉得自己是在鲜花满地的林子里闻香拾花，拾起一朵放进篮子，再拾起一朵放进篮子，这是一件何其美好而又诗意盎然的事情啊！

光阴如梭，五年时间一晃而过。11月21日是我的生日，作为纪念，2018年的这一天夜晚，我在单位办公室为《流年中的野蔷薇》写了"后记"。我在"后记"中写道："在这个充满阳光和雨露的世界上,心若不死,便一定有重生和花开的可能。"我明白,唯有开始,才有可能;唯有一步一步向前,才未来可期。

  但毕竟搁笔"藕断"20多年,我对自己的书稿心怀忐忑,迟迟不敢拿出来"亮相"。2019年仲夏的一个上午,我登录QQ,无意中发现宁波出版社吴波副社长在线,心里想着不妨先了解一下书籍出版的有关流程,便打了招呼。哪知吴社长马上明白了我的用意,即刻把我介绍给了编辑汪婷老师。

  校对书稿时已是初秋。一天夜晚,我和朋友在街上边走边聊,不提防脚下一个趔趄猛地摔倒在粗糙的地面上,右半边脸当即鲜血淋漓,半颗牙齿也趁机从嘴巴里窜出逃逸不知去向。朋友把我送到医院,眼角缝了3针,右腿膝盖缝了4针,头部、腿部绷带缠绕,像刚下战场的伤兵。但轻伤不能下"火线",我将右腿搁在高高的靠背上,忍着疼痛,用一只眼睛艰难地校完了书稿。

  真是无巧不成书,12月9日是我和妻子的结婚纪念日,恰好在这一天,出版社委托印刷厂的工人将几包《流年中的野蔷薇》送到了我的办公室。那一刻,我的耳边响起李叔同的一句话:"念念不忘,必有回响。"

  书是一本薄薄的小书,封面是大大小小十几朵红色的、娇艳欲滴的蔷薇花,我低下头去闻,仿佛闻到了蔷薇淡淡的幽香……

(2022.12)

读戏记

说起来，我只正儿八经看过两部戏。

一部是京剧《智取威虎山》。那时我10余岁，县剧团在宁海剧院汇报演出新排的革命样板戏《智取威虎山》，母亲搞到两张票，带我去看。杨子荣、少剑波、李勇奇等英雄人物在我幼小的心里烙下了深刻的印记，杨子荣提着栾平下场，从后台传来的那两声"砰砰"枪响，直到现在仿佛还回响在我的耳边。

另一部是杨东标老师编剧、浙江越剧院三团演出的大型现代剧《明月何时圆》（以下简称"《明》剧"）。1987年秋，浙江省第三届戏剧节在绍兴举行，《明》剧公演那天，我从宁海出发辗转前往绍兴观看演出。《明》剧讲述的是一个改革开放后恩怨消弭、坚冰融化、人性复苏的乡村故事，正如作者引用雨果的话作为题记所彰显的："我们所要求于未来的，是正义，而不是复仇。"开演时，暖场音乐停，猩红色的大幕徐徐拉开，迷离的彩光灯下，一块透明、硕大的薄膜从台顶至台沿张挂在舞台正中，上书"秋怨"两个大字（《明》剧分上下两篇，上篇"秋怨"，下篇"春溶"），这一充满现代感的舞美设计令我新奇万分。《明》剧以其厚重的历史感、个性鲜明的人物形象、扣人心弦的艺术魅力以及无场次衔接的艺术架构，荣获戏剧节剧本二等奖、导演、作曲一等奖，优秀演出奖等18个奖项。次年，《明》剧进京演出。后来我为《明》剧撰写了一个题为《亮亮的哲学》的论文，发表在1989年12月出版的第11辑浙江《艺术研究》上。

我也无数次地观看过《沙家浜》《红灯记》《红色娘子军》等其他7部革命样板戏，以及《西厢记》《穆桂英挂帅》《雷雨》《茶馆》和《哈姆雷特》等剧目，然而看的都是摄制的电影了。

但我读戏，在20世纪80年代中期，我读过的戏剧还真不少。

那是一个文学回归和复兴的年代。1984年，人民文学出版社出版了朱生豪等翻译的11卷本《莎士比亚全集》，售价14.05元。那时我的月工资是27元，除自己留下5元作为中餐伙食费和零用，其余均上交母亲。当我以"自己省一点，找同事借一点，向母亲要一点"的办法筹齐这笔"巨款"，捧回这套梦寐以求的《莎士比亚全集》后，便一个"猛子"深深地扎了进去。

莎士比亚是欧洲文艺复兴时期英国剧坛上的一位"巨人"。《威尼斯商人》《温莎的风流娘儿们》《暴风雨》《哈姆雷特》《麦克白》等一部部经典戏剧作品，无论是喜剧、历史剧，还是那些"将人生的有价值的东西毁灭给人看"的悲剧，都是浪漫主义、人文主义的不朽之作。我在莎士比亚宏阔而深邃、丰富而鲜活的世界里欣喜和悲伤、歌笑和愤怒、痴迷和沉浮，不晓昼夜。

我尤其喜欢的是他的《哈姆雷特》，这也是唯一一部我朗读下来的剧作。那时我在茶厂制茶车间做统计，车间办公室在车间正门通道的对面，是两间简易小屋。一天晚上，我在办公室开始读第9卷，翻开，第一部就是《哈姆雷特》。朱生豪译的文字，一词一句都是如此清新、空灵。我情不自禁地站立起来朗读："……报晓的雄鸡用它高锐的啼声，唤醒了白昼之神，一听到它的警告，那些在海里、火里、地下、空中到处浪游的有罪的灵魂，就一个个钻回自己的巢穴里去。""清晨披着赤褐色的外衣，已经踏着那边东方高山上的露水走过来了。"不知过了多久，我端起水杯，一回身，猛然发现窗玻璃上贴着一张张压扁了鼻子、走了形的怪脸。原来已是夜班工人的夜宵时间了，车间里机器声骤然而停，我抑扬顿挫的朗读声从门窗缝隙钻出去，与绿茶沁人心脾的芬芳一起在厂区寂静的夜色里飞扬……

天气晴好的午后，我会独自一人去厂外溪边朗读。那是一个相对僻静的地方，一块扑进溪水中的光滑的大岩石仿佛是天然舞台，任由我在其上舞之蹈之，放声而读，而喜、而悲。

20世纪80年代，我国进入了一个伟大转折的新时期，思想解放的浪潮深入社会政治经济文化各个方面，改革成为时代的主题。在文艺领域，艺术家们在继承和弘扬优秀传统的同时，大胆探索，"从题材内容到表现手段、从文艺观念到研究方法"都进行了开创性的有益尝试，"出现了全方位的跃动"。

那时，北京人民艺术剧院的《绝对信号》《野人》，中央实验话剧院的《十五桩离婚案的调查剖析》《一个死者对生者的访问》，中国青年艺术剧院的《街上流行红裙子》《本报星期四第四版》，上海青年话剧团的《红房间、白房间、黑房间》，以及上海市工人文化宫业余话剧队的短剧《屋外有热流》等剧作相继被搬上舞台，出现了新的时空切入视角、新的个性形象、新的舞台设计、新的导演理念等等，戏剧舞台因之精彩纷呈，星光灿烂。当然我从未"亲自"前往观看，都是从报纸上得知这些的。

1986年，上海文艺出版社推出了一套"文艺探索书系"，书系兼收理论和创作，第一批书目8种，包括《性格组合论》《审美中介论》等论著4种以及诗歌、小说、戏剧和电影作品集4种。而4种作品集中，我唯一买回来的就是《探索戏剧集》。《探索戏剧集》收录了《一个死者对生者的访问》《街上流行红裙子》等7部剧作。

直到现在我都无法忘记那些天的读戏时光。那时候，女儿只有七八个月大，妻子被单位派到市里去培训，一周回来一次。好在正是淡季，茶厂停产进行机器设备检修保养，制茶车间职工相对自由，进入"不放假的休假"状态。我在家带女儿。女儿白天睡得有点"零碎",她睡着时,我就打开《探索戏剧集》来读,我读得很慢,往往只读了十几页,她就醒了,不是睁开眼手舞足蹈,就是"哇啦哇啦"又哭又闹。只好抱她起来,一会儿换尿布,一会儿喂奶粉,抱着在屋子里转了一圈又一圈,转到差不多自己也迷迷糊糊了,她才会再次入睡。我接着读,但脑子像断了片,前面刚读过的也不觉模模糊糊,只得翻过去重读。到了晚上9点左右,偎她睡下后,我再一次从头读起。这一次不再"碎片化"了,而是"无障碍"通读,畅快淋漓。夜,愈来愈深,我沉浸在戏剧情景里,也愈来愈深。

话说回来,我读戏,很大程度上是受了杨东标老师的影响。老师是县剧团的编剧。我和老师认识的时候,他刚完成的长篇传记文学《柔石传》还在大型文学杂志《清明》编辑的案头上。尔后,他迎来了戏剧创作的第一个高峰期,《浪子奇缘》《明月何时圆》《野杨梅》等作品相继问世。那时我相随老师左右,读他的散文,也读他的剧本,是当时他的所有作品唯一一个完完整整看下来的读者。

1985年,我电大毕业,东标老师成为我毕业论文的指导老师,我们确定以《浪子奇缘》中的男主人公唐海龙《一个可信的转变人物的形象》的角度作为论文选题。为了写好论文,我一遍又一遍地通读剧本。我记得东标老师给我的是《浪子奇缘》彩色单行本小册子,我都快要把它翻烂了。后来这个论文发表在1986年11月出版的第5辑《艺术研究》上。

论文发表后,我和《艺术研究》编辑李尧坤老师建立了联系。为了鼓励我在戏剧研究领域进一步发展,有一次李老师给我寄来了20多部剧本(排演本)。犹如饕餮大餐,我为此读了差不多整整一个月。其后撰写了《声情可鉴,雅俗共赏》一文,选择论述了《冷水湾人家》的戏剧语言特色,发表在第11辑的《艺术研究》上。

人生如戏,跌宕起伏不会缺席。1993年底,我背井离乡开始了长达3年半的漂泊打工生涯,风里去,雨里归,从此疏离了这种单纯而诗意的生活。

在2020年7月备军兄组织的一个晚宴上,东标老师送了我一本新近出版的《杨东标戏剧新作选》。饭后回到单位办公室,我迫不及待地翻开来读,先读《王阳明》,再读《梁祝》,不过瘾,搓搓眼接着读《风雨红妆》。

我仿佛回到了许多年前,夜愈来愈深,我沉浸在戏剧情景里,也愈来愈深。读累的时候,我抬起头来,想看一看窗外繁星点点的夜空,却猛然发现窗玻璃上贴着一张张压扁了鼻子、走了形的怪脸……

(2024.4)

下厨记

退休那天起，我正式全面接管厨务。

别看厨房加餐厅只有十几平方米，"级别"却不低，餐厅"厅长"，正儿八经的"正厅"级，同时兼任"伙头军""军长"，"正军"级，是名副其实的"军政"一肩挑啊。

20世纪90代初，我开过一个火锅餐馆，一间屋的店门面、里灶外厅的那种，开了一年有余。店小水浅，养不起大厨，我就勉为其难自己掌勺。尽管没经过"新东方"什么的专业厨艺培训，但毕竟具有一定的"一线实际工作经验"，如今"重操旧业"，应该是不在话下。

走马上任"闪亮登场"的时候，正值辞旧迎新的公历新年，天下鱼虾欢腾，果蔬飘香。工作日白天，在单位的在单位，在校的在校，中午就我和妻子，中餐便一概从简；一到晚上，燕雀纷纷归巢，加上女儿女婿和3个外孙女，全家7口人都聚齐了。华灯初上，我将菜一一端上来，一盘剁椒鱼头、一盘韭黄炒蛋、一盘肉丝炒芹菜、一碗菠菜粉丝汤，或者一盘红烧大骨加小排、一盘清炒土豆丝、一盘香辣三丁、一盘蘑菇炒咸齑、一碗蒸蛋汤，或者一盘姜葱炒白蟹、一盘肉饼、一盘素炒茭白、一盘凉拌黄瓜、一碗豆腐汤……每晚三菜或四菜一汤，尽量避免重复。虽然都是家常菜，但椒红韭绿、汁浓清香，个个如临饕餮大餐大快朵颐，才吃完这一顿，嘴角边油水的残迹还闪闪有光泽，就盼着下一餐了。第一周"首秀"十分成功，在"评论区"迅速"走红"。

本"厅"一边挥舞锅铲施展身手,一边想起老子《道德经》中那句经典的话——"治大国,若烹小鲜",不禁自信心爆棚:举重若轻,举重若轻啊。

时间过得飞快,一晃半年,大家的点赞渐渐少了。

我也觉得自己被"囚禁"在一种惯性中,无法挣脱。几天不重复,几天之后不可能不重复,三五天循环一次,把最初的心心念念吃成了嚼之无味的"鸡肋"。菜式创新也非易事,比如小龙虾,做来做去无非十三香小龙虾、清蒸小龙虾;比如白蟹或青蟹,除了姜葱炒、葱油蒸、清熬和红烧,再也变不出什么其他新花样。再加上有忌口的,有不喜好的,有香辣咸淡口味差异的,众口难调,你说难不难?我吃了十五六年的单位食堂饭,彼时也少不了些许微词,但现在,我才深深体会到,纵然有烩炸炒煎等十八般武艺加持,做食堂师傅也难。

叭啦叭啦嘴上的"优绩生活"最是容易,可凡事小事日常事要做好,要获得恒久的认可,实在不易。

当然,我不是"躺平"的主,我要设法寻求改变。我首先舍近求远开车去县城最大的菜市场——跃龙菜市场,但在市场中心站了足足十几分钟,我的视线从一排排摊位和堆积的菜品上掠过,却不知该买点什么!我发现,这样一个几千平方米的偌大市场里,看似要什么有什么,其实"同质化"相当严重。水产品占了整个市场的半壁江山还多,但卖鱼的、卖蟹的、卖贝壳类的,家家卖的是一模一样的货,如果合并同类项,那与我们小区附近的小菜市场就没啥大的区别。看样子,在食材上出新是"此路不通"了,必须另辟蹊径。我开始关注与美食相关的栏目,比如《宁波老年》报的"下厨房"、中央电视台的大型美食文旅节目《三餐四季》,以及先前的纪录片《舌尖上的中国》等等。有些剪报,有些弄个本子记下来或者下载下来。偶尔应邀去酒店赴宴,碰到新的菜式眼睛就会倏然发亮,而后一看二尝三拍照,之后在下一个晚餐"依样画葫芦"。

此后,每当一盘热气腾腾的新菜端上餐桌,比如黄灿灿的油炸小排烧黄豆、又香又糯的砂锅焗南瓜、鲜美的西红柿炖牛腩、爽口不腻的梅干菜扣肉……筷子还未动,"哇——",我的耳边总会先响起一阵由衷的惊叫。那一刻,我心欢喜。只要大家吃得开心满意,就是"阿彪菜系"的成功。

厨务另一块很重要的工作是洗碗。开始时妻子说,碗她来洗,我考虑到孩子们更需要她,就婉拒了,我拍着胸脯信誓旦旦:请领导放心,"厅"里的工作我一个人担得起来。其实我是很喜欢洗洗涮涮的,每次面对洗得干干净净的衣服、果蔬和锅碗,心境就特别愉悦敞亮。尤其是当瓷质的碗碟在水龙头下"哗哗"冲净洗洁精的白色泡沫,手轻轻抚过碟面,就会发出一种干净得没有一丝腻滑的"吱——吱——"声响,感觉格外悦耳动听。

有一次,我照例伸出大拇指按指开门,不料"叮"一声响过,门锁语音提示:"验证失败,请重新输入。"再来,依然"验证失败",如此者三,天天照面无数、亲切无比的"门"像对待一个陌生的闯入者一样拒我于外了。

我知道,是指纹出了问题。本"厅"的工作与水密切相关,一双手无时无刻不与水亲密接触,一会儿冷水,一会儿热水,一会儿洗洁精,一会儿洗手液,我又不愿意戴橡胶手套,一到了寒冷的冬天,皮肤便干硬龟裂,粗糙得不行。双手伸进水里,浸着这儿那儿的裂口,丝丝缕缕的疼痛感就会顷刻间侵入心头。我将创可贴两头的粘贴部分剪下来,贴在裂口处,有时候一双手能贴个八九片。四五天后,粘贴部分的黏性被水泡得失效了,手上的裂口也正好自然愈合。当然这时,新的裂口又"冷水洗又生"了。妻子看在眼里,让我试试她的办法:晚上睡前,用润肤霜均匀涂抹双手,然后戴上一次性塑料手套,扎住手套口。果然,第二天早上摘掉手套一看,所有的裂口都弥合了,皮肤也变得有些滋润。

去年秋天的某一天,我在微信朋友圈读到一篇文章,题目是《爱洗碗的人,最值得深交》,仿佛是特意写给我的,其中写道:"洗碗,只是件小事,却能照见一个人的修养。愿意洗碗的人,懂得体谅人。""面对杯盘狼藉,油污汤汁,唯有热爱生活的人,才能不急不躁地做完。"自此以后,每当洗碗的时候,我总觉得有一双满含赞许和鼓励的眼睛在看着我。

汪曾祺也曾说:"愿意做菜给别人吃的人是比较不自私的。"其实,对于我来说,完全是一份至爱亲情、一份家庭的责任感使然。我只是一个普通人,算不上什么"君子",所以无须"远庖厨"。

在"一碗人间烟火"的简单、平和的生活中,我觉得,我很享受。

(2024.7)

第五章 Chapter5

一脉情深

月　亮

月亮是正读小学四年级的外孙女杨一伊的小名。

月亮几次对我说,外公,你就不能好好为我写一篇文章吗？她噘着小嘴,翻开《流年中的野蔷薇》这本书,你看你写的,这篇,《月亮勾起的记忆》,明明提到了我,写的却是我妈妈,我的名字只在题目和开头晃荡了两下。

好吧,那就记录一些她以及和她有关的趣事。

月亮6岁时,在县城利得斯少儿英语学校学满两年,结业那天,她拿着穿"博士服"、戴"博士帽"的照片和红艳艳的结业证书回家,一脸春风。

月亮奶奶问,月亮,你学会了什么？

月亮小脑袋一摆,调皮地反问,阿娘你说,苹果用英语怎么说？

月亮自然知道,阿娘在农村长大,没念过一天书,不识字,连自己的名字都不会写,何况英语,所以胸有成竹,以为"反制"有力,在沙发上上蹿下跳,好不得意。

苹果啊,阿娘说,apple。

月亮万万没料到阿娘居然张口apple！她一时没反应过来,傻呆在那儿。

一屋子的长辈看着月亮痴愣的样子,哄然大笑。是啊,她一个小小人儿,又哪里会懂得,即使是一个最平凡的人也是不可贸然低估的道理呢。

月亮上小学了。外婆说，月亮，你要好好读书，如果你不好好读书，成绩很差，外婆走在大街上，认得的人就会在背后指指点点，喏，这个就是"学渣"的外婆，那以后外婆再外出，就没脸上大街，只能偷偷摸摸从小巷小墙弄走了。

每当外婆这样教导月亮的时候，外公也没闲着。外公会配合外婆"偷偷摸摸从小巷小墙弄走"的说法，身体紧贴着墙壁，作弯腰佝背、东张西望、蹑手蹑脚状，一副鬼鬼祟祟生怕被人撞见的样子，逗得外婆和月亮大笑不已。

外婆接着说，但如果你考了全班第一第二名……

那又怎么样？月亮问。

外婆昂首挺胸阔步行走在大街上啊！

不对，老师说了，走路要走人行道的。月亮一本正经绷着个小脸，外婆，要不我成绩差一点好了，你就走小墙弄，小墙弄没汽车，安全。

有一次，老师在班级家长群发了一张照片，是五六个没有按时完成作业的学生的合影，合影中没有月亮，月亮爸爸看到了，喜出望外，率先表态要奖励。看看，这是何等之低的标准和要求。随后月亮妈妈说，奖励一次肯德基，外婆说奖励玩1个小时的平板电脑，外公抠门，说奖励一个长时间的温暖的抱抱。庞大的"长辈集团"一向是溺爱、宽待多于严厉的。

后来还有一次，老师又在班级家长群发了一张照片，大概是出于保护隐私，这次照片拍的是一排七八双脚，老师留言，请家长们自己对照是否有自家孩子。有一双脚穿着天蓝色耐克球鞋，月亮妈妈横看竖看有点像月亮的，就问，昨天月亮穿了什么颜色的袜子？外婆有点把握不准，白色的？啊，白色的！月亮妈妈手指着照片，这是月亮啦？谁知外婆从沙发上"噌"一下跳将起来，一个箭步冲向阳台，不一会儿又奔了回来，手里多了一只还是湿漉漉的橙黄色袜子，说，这是月亮昨天穿的袜子。

那双脚不是月亮的！哈哈哈——月亮妈妈和外婆双双倒在沙发上，开心得像一对老小孩。月亮所有的家庭作业都是在外婆的一再"威逼利诱"下完成的，有时还是眼看明天就要上学"临时抱佛脚"匆匆赶完的。还有，月亮玩平板打游戏，正如外婆形容的那样，像打了鸡血一样亢奋，而一提做作业，就似霜打茄子。尤其不能让她在床上背书，背着背着就睡着了的情形已成常态，如此之学习自觉性，却"脚"不在其中，怎么不令人高兴得忘形呢。

但有上进心是孩子的天性，再怎么不自觉，也没有哪个孩子愿意真的考砸了。有一回发语文试卷，当月亮看到卷子上老师用红笔批的大大的"65"，一下子就浑身乏力，瘫软在座位上了。后来回想当时的情形，她说当时真是一点力气都没有了，她怎么也没想到自己会考得这么"烂"。过了好一会儿，月亮勉强回过神来翻看试卷，发现差不多是一个一个的"√"，做得都对的呀，难道是老师加错分了？月亮偷偷地看邻桌，邻桌57，再看其他同学，都没有超过65的。后来她才知道，这次考试是70分制的，全班最高分65分，而且只有2个。原来是虚惊一场，月亮这才长长地吐了一口气，还过魂来。

语文、数学、英语3门主课，月亮语文成绩最好。月亮作文写得不错，句子下面经常有老师给的一串又一串的圈圈，像散发着浓浓甜香的熟透的紫葡萄。有一次，月亮给读一年级的表弟讲作文，她说：就写三段，第一段一个简单的开头，第二段详细写，把事情的过程写得越细越好，第三段用一句话结尾，点明要表达的意思。不知这是老师教的，还是她自己总结的，我在旁边听着，深以为然。

还有一件事，那时月亮读小学二年级，一天晚餐时，月亮妈妈问月亮，期中考试的试卷发下来了？月亮回答，是。月亮妈妈像突然被停格似的举着筷子，咦，怎么一声不吭，考差了？去，拿来我看看。

月亮艰难地从书包里抽出试卷，灰溜溜的像泄了气的皮球，妈妈,这次没考好。

月亮妈妈看到分数,不由失声惊叫,怎么才60几分？又细看,不对,卷子上怎么是别人的名字？这卷子不是你的？月亮,说,到底怎么回事？

月亮低眉回答,不能说。

为什么不能说？

要守承诺,讲义气。

正在这时,月亮妈妈的手机响了。是月亮拿着的这张试卷的归属者的妈妈打来的。

原来,试卷发下来了,月亮考了90多分,月亮最要好的女同学只考了60多分。同学说,她考了60多分,回到家是要被爸爸妈妈骂的,甚至有可能挨打。月亮知道,她即使考得再差,也是没有多大关系的,顶多被数落两句。两人就商量出了互换试卷的主意,还订立了"攻守同盟",互不"出卖"。但到底还是孩子,月亮忘了改名字,同学倒是把名字改过来了,然而试卷上的笔迹同样泄露了天机。

这不是一件简单的非对即错、非白即黑的教训,就能让月亮明白其中的道理的事。

我想起叶芝说过的一句话:"教育不是注满一桶水,而是点燃一把火。"历史上和现实生活中有许多案例证明,让孩子懂得哪些是对的,哪些是错的,什么可以做,什么不可以做,远比知识上的授业解惑来得更为重要。

衷心祝愿月亮在未来人生道路上,做一个通透敞亮、正直纯粹的人,一个认认真真生活的人。

(2022.7)

跳起来

我们家有一张特别的"全家福",每一次看都让人忍俊不禁。

那是 2016 年 6 月的最后一个双休日,在上海。早上九点左右,云淡风轻,酒店的小花园流红凝翠。一只白色的吊篮椅诗意地隐约在柳的疏疏枝条间,4 岁半的外孙女小月亮坐了上去,一晃,便晃出一串阳光般清亮悦耳的笑声。矮矮的灌木举着青枝绿叶和点点花红,从同样是白色的栅栏的那一边伸过来,草地上三两棵树,不高,东一棵西一棵,实在是童话得不行。

如此绚丽烂漫的准仲夏时节,一大家族十几口人齐聚上海实属难得,早就计划拍张"全家福"留个纪念。

排好队。不知是谁提议,我们跳起来吧!

跳起来?好啊!大家异口同声地叫好。

那么,把相机放低,将镜头微微上仰,好——"预备,一、二、三,跳!"

"跳"声甫落,大家呐喊一声,纵身一跃而起……

我们跳了起来,飘浮着淡淡云朵的澄碧蓝天便成了广阔的背景。扬臂、跨腿、挺胸、昂首、前仰后合、正斜侧转,一任长发飘扬、衣袂翻飞,都是自由的开放的姿势,个性、不一的造型。由于镜头和角度的原因,脸和体形有些许走形,甚至因一点点失真而变得夸张、滑稽,但每一个人敞亮的笑容、纵情挥洒的喜悦和满格的精气神,不用美颜,就溢满整个画面。

不知为何要跳起来的小月亮跟着跳了起来。她一身白色衣裤，双臂前伸，两腿微曲正好离地，像一只在草地上蹦蹦跳跳、不经意被抓拍到的小兔子。

77岁高龄的老母亲也跳了起来。十几年与癌症以命相争相搏的痛苦和疲惫仿佛在这跳起的一瞬间尽数"抖落"干净，皱纹纵横的脸上呈现出多少年来少有的安宁、轻松的神情……

照片永远定格在五年前的那一刻，但现在每一次看见，我依然能感受到那飞扬的动感和勃勃活力，那一跃而起时响彻晴空的放声大笑，以及由这一切萌生的美好。

是的，不是所有的美好都非得大费周折或付出一定的代价才可获得，做出一些小小的改变，比如踮起脚尖，比如跳起来，比如关闭手机失联几小时，吹不出褶的平静日子说不定会熠熠闪光。

因为之于我们和这个时代，美好是简单的、朴素的，是时时处处都存在着的。

（2021.3）

红　糖

小时候,亲戚拜年送的"拜岁包"中,我最关心的事物是红糖。

那是20世纪70年代,正月里,人们走亲访友时都会拎上两三只"拜岁包",因其形似劈柴的斧头,故平日里也叫"斧头包"。"拜岁包"用的是一种土黄色糙面粗纸,包扎时,店主会顺手在正斜坡面上夹上一张四指左右宽的红色纸条,这张红色纸条似乎便是年的灵魂,"斧头包"秒变为"拜岁包",拥有了与大红灯笼、年宵花、爆竹等一起喜庆祈福、祥和迎春的美好使命。

客人走后,我钻进房间一包一包用手去摸。尽管隔着一层厚纸,但我一摸一个准。拇指般大小的,一定是甜甜糯糯的红枣;同小鸡蛋那样圆圆的,手感硬邦邦的,必定是核桃,否则就是干荔枝;如果是白糖包,双手捧起来晃荡一下,里面会有些微的流动感,而红糖包则像一坨泥块,结实,感觉特别沉。

母亲把白糖装在玻璃方瓶里,锁进自己房间,从此在我们兄妹3个的视野中销声匿迹;红糖则倒进一只黑不溜秋的陶罐,塞在碗橱的角落里。那时我觉得,白糖和红糖,一个像金贵的小姐,一个是有点卑贱的丫环。

红糖有小糖块,而且储存时间久了,还很容易板结成团,我们经常偷偷挖下一块,从课本里翻出平时留下的糖纸,包裹好,在去上学的路上慢慢享用。那弥留在唇齿间的蔗糖甜香,至少到第二节课下课才会淡去。有一次,母亲红烧鲫鱼要加糖提味,她端出糖罐掂了掂说,红糖怎么少了这么多?吓得我们一个个大气不敢喘一下。好在母亲只是随口一说,并没有往下深究的意思。

夏天的夜晚,有时候母亲会把煤饼炉搬到小天井里,坐上大号钢精锅,一边咕噜咕噜地煮粥,一边和邻居们聊天。第二天,冷粥拌红糖就是我们的早餐了,粥的白和糖的焦黄调拌在一起,像"非主流"咖啡的雪顶或拉花(当然,那时候我不知道有一种饮品叫咖啡),糖粥绵柔丝滑,入口即化,真的是既好看又好吃。

母亲偶尔会做红糖麦糕。她每次都一板一眼地按照单位食堂阿姨指点的步骤和要求做,比如多少面粉按比例掺多少温水、放多少红糖和酵母、怎么发面、上锅蒸几分钟等,但很奇怪,步骤丝毫不差,但每一次信心满怀地揭开锅盖,呼呼吹散翻腾的蒸汽一看,唉,又是"麦僵"[1]。但我觉得,与又松又软的红糖麦糕相比,"麦僵"风味独特,特别是冷的"麦僵",有嚼劲,越嚼越香,越嚼越有味。

一晃过了大寒,各家就开始张罗年货了。一到晚上或者休息日,公房区里烟火热烈,煎炸爆炒煮的噼噼啪啪声响从家家户户的门窗缝隙蹦出来,浓香激情飞扬。母亲割了一大块板油,切成年糕片状倒进锅里,油锅火热,板油片"吱吱吱"拼命地往外熬油,不一会儿就熬成了干巴巴的猪油渣。母亲将滚烫的猪油舀到瓷瓶里,把焦黄可爱的猪油渣盛在碗中,我们往碗里加一小勺红糖,搅拌几下便急急忙忙往嘴里送。嗨,你一定能想象得出这有多么好吃!隔一天,母亲买回几方白豆腐,把豆腐按一指厚切片下油锅揭[2],两面都揭得焦黄焦黄后出锅,哪天要吃了,夹出几片来,撒上几粒盐一蒸即可。我们站在锅台边看母亲揭,弟弟嘴角边的馋涎不争气地往下淌,母亲看在眼

---

[1] 宁海方言,面不够发的意思。
[2] 宁海方言,煎的意思。

里,拿一小盘,夹上几片,摆在我们面前。这个时候红糖又该"闪亮"出场了。哒哒烫的红糖豆腐香软甜嫩,在口腔里呵呵跑两圈,咕咚一下滑下去,一直烫到心里头。几天后,父亲提了只猪头回家,去毛洗净,整个儿清水下锅煮,我负责大镬灶烧火,从晚饭后"月上柳梢头"开始,一直煮到夜深沉。父亲开锅钻进喷涌的蒸汽中拿筷子戳了几下,熟了,于是出锅,放案板上一块一块用刀片,渐渐地就显现出白色的猪头骨架来。父亲说,最好吃的是两边腮帮子的精肉,土话也叫"葡萄肉"。父亲小心翼翼地用手指抠,用刀尖慢慢地将"葡萄肉"剔出来,对我们说,快,趁热吃。蘸酱油?哦不不,还是"百搭"红糖吧。红糖"葡萄肉",油光红亮,糖液渐然渗透,肉质变得润而不肥,甜而不腻,别有一番可口可心的味道。当然,还有那满嘴喷喷香的年的味道。

最难以忘怀的还是红糖茶。早上起来,下雪了,或者屋外北风呜呜、冬雨凛冽,父亲又在公社值班,母亲便说,泡杯红糖茶,打扑克吧。我们就一声欢呼,得了军令般手脚忙碌地泡好4杯红糖茶,将炒花生、米胖糖、芝麻糖等诸如此类的过年零食摆上餐桌,要么打"红五",要么"争上游",其乐融融。平日里,母亲对我们的管教严厉有加,有时近乎冷酷,很少与我们"打成一片",但在这样一个初春的上午,我真切地感受到母亲身上散发出的母性的温暖和甜蜜,犹如捧在手中的红糖茶,滋润着我的心田……

2月11日,正月初二,上午,我和妻子、女儿又一次去县中医院探望已住院半年多的母亲。站在母亲病床前的那一刻,我又想起了红糖茶,那整整半个世纪前、在遥远的岁月深处依然温暖可亲、甘甜无比的红糖茶!

有一种甜,永远不会变淡。

(2024.2)

单曲循环

　　小区绿树簇拥的亭子里,凉风如拂,六七十岁的"资深帅哥"们你一语、我一言地谈论着各自的退休生活。

　　退休一年又半,一灶烟火、家长里短是我一成不变的日常。每天,我将手机闹钟设定在早晨 6 点,但我基本上会在 5 点半左右自然醒来。夏天的这个时候,彤红的霞光已穿越东落地窗玻璃铺满客厅地板,一屋光亮。先将电水壶烧上水,然后把滴水碗架上昨晚洗的碗碟分类放进碗柜,再剃须、洗脸。6 点 10 分,去外孙女月亮房间叫醒她。接下来的 20 分钟,我给自己泡上一杯绿茶,一边品茶一边浏览手机,乐享片刻的安闲和宁静。6 点半,第二次叫月亮起床。接着就得为她准备早餐了,煎蛋加火腿肠,或者桂花小圆子,或者泡饭等等,有时也会到小区外的饮食店买一客小笼包子什么的。如果是冬天,这时月亮一定还赖在被窝里,我顺手操起她的外套作张牙舞爪状抽打被子,第三次催促她。等她磨磨蹭蹭起来,给她简单扎个小马尾,待她早餐毕,为她提上沉甸甸的书包,下楼,驾车送她上学。

　　从颐园小区到实验小学,顺畅的话一个来回 40 多分钟。推开家门,才满 4 周岁的双胞胎外孙女娉娉和婷婷已穿戴整齐在学习机上刷视频,妻子忙着给她们扎小辫、洗脸、泡奶粉。8 点半左右,和妻子一道送她俩去幼儿园。必须是两个人接送,她俩一个飞奔,一个拖沓，一个人接送顾得了前顾不了后，路上车子又多，不安全。好在幼儿园就在小区北门外，很近，走北门5分钟就到了。

早餐罢已9点有余，上午"余额"所剩不多，但杂七杂八的琐事却不少。昨天换下的衣物该手洗的手洗，机洗的要一件件仔细检查，口袋里的东西是否取出，发现有油迹污迹的，要打上肥皂先搓干净；隔几天得去中医院探视住院已逾一年的母亲，或去看望独居的岳母；去超市采购一些即将不足的日用品；换季时，若天气晴好，妻子会将铺的盖的统统拆洗了，然后一趟一趟上29层楼顶去晒；布艺沙发的外套、铺在地上的各式各样的垫子、厚的薄的窗帘等，一般七八个月得换洗一次；妻子喜欢种花养草，偶尔陪她去溪南范家过去一点的花木圃转转，或去老屋那边侍弄她的"心头肉"般的君子兰、菖蒲和多肉；等等。当然也有得空的时候，那么我会到楼下报箱取回《中国自然资源报》《宁波晚报》，也有《江南》《大地文学》《文学港》《浙江作家》等，一个人躲在书房里静静地翻阅。

中餐就我和妻子俩，一切从简，炒面、汤面，或者炒年糕、汤年糕，还有逢节气的食物，比如清明节的青麻糍和乌饭麻糍，端午的粽子等等，再就是热一热昨天的剩饭剩菜。

洗罢锅碗差不多12点半了。

"中午不睡，下午崩溃"，午休是30年前进机关后养成的习惯。一觉醒来已是下午2点，我可以在书房度过一个多小时的悠闲时光。

下午3点半左右去菜市场买菜，我一般会在北门外的湖西菜场随便买一点。菜场不大，一摊海鲜、一摊面食、一摊咸货和豆制品、两摊蔬菜、两摊肉类而已，但日常生活无须太多，仅此足矣。偶尔想要改善一下，我便开车去时代大道的邻里菜场或稍远一些的兴海菜场。

回到家先煮上米饭，然后开始择、洗、切，一些程序较多、较耗时的菜要预先做起来，比如炖大骨，得先用清水泡20多分钟，然后洗净，加料酒、糖、姜、蒜头、酱油、盐和少量的水，用高压锅大火烧开，再转小火炖 10 分钟关掉,等到要吃时开锅收汁即可;又如肉丝炒土豆丝,要将肉和土豆都切成丝备用。

下午 4 点 50 分,开启煮蛋器,和妻子一起去接娉娉、婷婷。她们下午 5 点放学。

煮蛋器定时 12 分钟,娉娉、婷婷一进家门,哒哒烫的白煮蛋蘸蘸鲜酱油,很好吃。当然也非天天白煮蛋,葱油挂面、汤圆,或者桃酥、蛋糕等都是她们爱吃的点心。

月亮是女儿下班后去接的,通常下午 6 点前到家。晚餐时一大家子都到齐了,甚是热闹。

饭后妻子负责照看孩子,我负责洗碗,等到最后把垃圾送去楼下的垃圾收集点,一切收拾妥帖,央视的《新闻联播》差不多该结束了。

其后的两个多小时基本上还是属于娉娉、婷婷的,陪她们玩,给她们讲故事,沉浸式地享受"传说"中令人羡慕的天伦之乐。

22 时左右,娉娉、婷婷被妻子带进房间睡觉(妻子 30 多年来依赖艾司唑仑片才能入睡,现在带着俩孩子不敢服药,因此常常彻夜不眠,很是辛苦),我才可以无所挂碍地走进书房,掩上门,在柔和的台灯灯光里读书或者写作,一直到零点过后。

工作日大致天天如此,日复一日。

几个"资深帅哥"有的在眉飞色舞地描述旅途中的一桩桩趣事,有的在交流老年大学的学习生活,有的在相互探讨牌艺……

我不由想起许多年前,每天早上上班前一个人在办公室里听歌,有一段时间,我迷上了《贝加尔湖畔》,就将电脑的播放器设置为单曲循环,一遍又一遍地播放,一遍又一遍地聆听,同样的旋律,同样的演绎,每一次听,我都会体味出不一样的情感语言,花香、涟漪、清澈、轻盈、浪漫,还有梦幻、神秘、憧憬,以及浅浅的无奈、遗憾和萦回不去的淡淡忧伤……

是的,正如车间里的流水线作业,不断地重复,单调、机械、乏味,甚至又苦又累,然而创造了生活的五彩缤纷。我现在的退休生活不也是"单曲循环"吗?但正是在这无休无止的锅碗瓢盆交响曲中,孩子们一天天长高长大,来日,终将貌美如花。

——于我,那是时间最美、最珍贵的嘉许。

(2024.6)

第六章 Chapter6

人间草木

花　语

　　花朵盛开,我常常会不由自主地联想到花语。

　　几天前,和妻子去医院探望一个动了小手术的朋友,车过花店,妻子买了一束康乃馨。康乃馨的花语一个是伟大、神圣、慈祥、温馨的母爱,而另一个是健康,我们祝愿友人早日康复。

　　花卉姹紫嫣红,花语情深意长。花中之魁梅花的花语是坚强,傲骨,高雅;冰霜绽放的菊花的花语是清净高洁;有花中皇后之誉的月季的花语是持之以恒,等待希望,美艳长新;繁花似锦的杜鹃的花语是爱的喜悦,永远属于你;象征高尚坚贞的凌波仙子水仙的花语是多情,想你;百合花的花语是百年好合;三色堇的花语是思念;鸢尾的花语是想念你……

　　不能不说玫瑰。玫瑰娇艳缤纷,玫瑰的花语更是多姿多彩。以颜色论,红玫瑰的花语是热恋、热情,紫玫瑰的花语是浪漫真情,白玫瑰的花语是天真纯洁,黄玫瑰的花语是高贵、美丽或道歉,粉玫瑰的花语是求爱、爱心,黑玫瑰的花语是温柔真心,蓝玫瑰的花语是敦厚善良,橙玫瑰的花语是富有青春气息、献给你一份神秘的爱,香槟玫瑰的花语是爱上你是我今生最大的幸福、只钟情你一个。以朵数论,1朵代表我的心中只有你,2朵代表这世界只有我俩,3朵代表我爱你,4朵代表至死不渝,7朵代表我偷偷地爱着你,10朵代表十全十美、无懈可击,12朵代表对你的爱与日俱增,18朵代表真诚与坦白,

22朵代表祝你好运,25朵代表祝你幸福,40朵代表誓死不渝的爱情,99朵代表天长地久,100朵代表百分之百的爱,144朵代表爱你生生世世,365朵代表天天想你,1001朵代表一直到永远,1314朵代表爱你一生一世。

法国诗人热拉尔·德·内瓦尔说:"每一朵花都是在大自然中盛放的灵魂。"花语是人们借花来表达某种情感和愿望的语言,是花卉文化的核心。

许多年前的一个七夕,我在北湖宾馆宴请朋友,是6对夫妻。宾馆附近有一鲜花店,路过时我心里一动,订购了6枝玫瑰,要求店主在18:30时送到所在包厢。宴席酣畅之际,服务生托着托盘进来,托盘上垫着一块洁白的织巾,上面是6枝鲜艳欲滴的红玫瑰。我提议先生们向自己的妻子敬酒、献花。因为这个小小的插曲,晚宴氛围愈加欢快、温馨,还有一些淡淡的甜蜜。

花语虽无声,但此时无声胜有声。

妻子见我对着绯红的长寿花发呆,推了我一把,问又怎么了,我说我在想花语。她说,不就是花语嘛,哪来这么多想头。

我望了一眼家里摆放的花花草草,手指吊兰。窗边花架上吊兰的枝婀娜地垂下来,在碎风里晃晃悠悠。她说,风情。我哈哈大笑,错,吊兰的花语是朴实、天真、淡雅、希望、宁静,与风情完全不搭界啊。她说,那又怎样,我问你,花语是怎么形成的?我说,是约定俗成的。她说对呀,在我们家,吊兰的花语约定俗成为"风情"也是可以的。我无语,接着指了指那盆亭亭玉立的剑兰,我知道剑兰的花语是幽会、用心、坚固,然而却听得妻子说,剑兰啊,剑兰的花语是怜爱。

电视机下的矮柜上摆了一盆玉树,玉树属多肉科,墨绿的叶瓣胖乎乎的,像一枚枚水滴形翡翠吊坠。我问,玉树呢?妻子迟疑了片刻,回答道,花语是平安。我一下子想到了青海省的玉树市,不禁拍案称赞,好!我知道,她一定也想到了青海玉树。

读小学六年级的外孙女月亮见我们说得热闹,在一旁插嘴问,外公,所有的花儿都有花语吗?我说,那倒不是。她眨巴眨巴眼睛,问,雪花的花语是什么呢?

啊!我有些猝不及防。刚才妻子说,在我们家花语是可以约定俗成的,我急中生智,答道,雪花的花语是晶莹、纯洁。

月亮问,窗花呢?我答,热烈、喜庆。

月亮又问,芦花呢?我的眼前霎时浮现出一片无垠的芦花花海,在晚风中、夕阳下宛若陌上流烟,如梦似幻。我答,梦幻。

她接着追问,那么新华(花)呢?

这个小家伙,我在心里嗔怪道。新华是她外婆的名字。在宁海话中,华和花的发音是很接近的,我明白月亮的用意。我对她说,外婆是女人花,外婆的"花语"是无私、给予、慈祥、热爱、保护,是和蔼、温暖、亲密、甜蜜、体贴、依恋、亲切,是港湾,等等。

是的,如果外婆可以有"花语"的话,那么我想,外婆的"花语"一定是世界上最美最美的花语。

(2024.3)

缑城有嘉木

一

2000 年，我在县农经委工作。单位有一位老同志退休，领导在同他作别谈话时最后问了一句，你还有什么要求？

他沉吟片刻，充满期待地说，想去看看黄坛逐步村的那棵红豆杉。

这算什么要求？我当时百思不得其解。

数年之后，我调到了市林业局。一个偶然的机会，当我猛然面对这棵有着 800 多年树龄的"南方红豆杉之王"时，心里情不自禁地惊叫了一下。

已是深秋时节，海拔 500 多米的逐步村云雾缭绕，影影绰绰，仿佛仙境一般，丝毫不负"云中村"的美誉。其间，一棵大树冲天而起，身姿挺拔，气势雄伟，它四周灰墙黑瓦的村舍、高大繁茂的树群都因此显得低矮而渺小。我的脑子里闪过科幻大片中的变形金刚，我觉得，它像一位充满洪荒之力的巨人，默默卫护着这个深山之腹宁静的小小村落，任日月错落，时光远去。

这就是那棵让一位即将离任的农经委干部惦念和牵挂的红豆杉。

红豆杉是经过了第四纪冰川遗留下来的古老孑遗树种，已有 250 万年的悠久历史，有着"树中大熊猫"之誉，极其珍贵。

据《逐步何氏宗谱》记载，祖居新昌沃城的何伊因宋末世乱，潜迹山林，"举足微行，瞻行此山焉，乐而筑之，因名逐步云"。宋嘉定二年（1209），何伊病故，其子孙在其墓旁种了两棵红豆杉，其中一棵留存至今。这棵红豆杉高30米，树围5米多，尽管树根以上近3米高的树身早已中空，但仍枝繁叶茂，亭亭如盖，英气依旧。如果你蹲下来，拨开一些枯枝败叶，一定能够找到散落的粒粒红豆。那些小小的果实如珠玉一般，红润光洁，晶莹发亮。

红豆杉甚古，红豆甚美，因为它们蕴含着可以穿越千年的蓬勃生机和活力！

二

一棵硕大的百年银杏树，伫立在西大街的街边，也伫立在我的童年世界。

那时候，我们家住在西门杏树脚后面的邬家道地。高高的银杏树下面，是一间消防站，透过油成红色的栅门，可以看见摆放得整整齐齐的消防泵、一只只头盔和一卷卷帆布水带。临街的一支树枝上，拴着一口古铜色大钟，一根绳索顺着钟摆荡下来。一旦有火情，就会有人像摇橹的船夫一样拼力拉动绳索，钟声便"当——当——"响起来，传得很远很远。不一会儿，在各个单位上班、在田间耕作的消防队员们就从四面八方闻"钟"匆匆而来。站在道地南望，银杏树的浓荫有如一团漆黑的云，浮在前面黛瓦如鳞的屋顶上，似坠不坠，欲散不散。几只小鸟栖息在浓荫里，叽叽喳喳，不停地飞出来、钻进去，忙得不亦乐乎。深冬季节，银杏叶子全都落了，黑乎乎的枝干贴在天幕上，张牙舞爪的。有时候风起，钟摆不小心轻轻触了一下钟沿，那钟声就漫不经心地荡漾开来，弱弱的，瞬息而逝。

岁岁年年与银杏树朝夕相处，直到7岁那年，我们家搬去城东的新公房。

后来参加了工作,几经周折进入林业部门,才知道,县境之内山山岙岙间,百年千载的古树又何止一二。

宁海背山面海,溪流纵横,港湾众多,有"山陬海隅"之称,独特的地质结构在冰川时期成了植物的避难地。据最近一次(2012年)的古树普查显示,全县拥有古树1838棵,古树群古树692棵,其中:500年以上的国家一级古树358棵,300—499年的国家二级古树411棵,100—299年的国家三级古树1064棵。古树数量占全市古树数量的三分之一,为全市第一。

因为工作关系,我有缘遇见其中的一些古树,它们或百折不挠,或意气风发,或高洁典雅的风采,给我留下了难以磨灭的印象。

长街西岙村有一棵1200多年的圆柏,树围2.2米,为全市最大。它以6米多高的姿势傲立在树丛之中,躯干斑驳,沾满沧桑,粗糙纵裂的肤纹从根部盘错而上,戛然终止于顶端的断折处,与仅存的一支遒劲、伸展的枝丫,塑成了一个昂首、挺胸、展臂的不屈形象,令人心生震撼。

黄坛西南峰山北麓的下张村有两棵相依相偎的"双生树",一株是800年以上的香樟树,另一株是300年的沙朴树。香樟树长身玉立,稳重壮实,有如气宇轩昂、无所畏惧的夫男,沙朴树像贤淑女子,纤细玲珑,温婉柔美,深情依依。那景象,分明就是一曲"在天愿作比翼鸟,在地愿为连理枝"的千古绝唱!

前童沈坑岙村村口有一棵1000多年的苦槠,树围3.5米,树高8米。令人惊叹的是,尽管它已从头到脚通体中空,只有一层两三厘米厚、千皱百孔的皮囊,但仍然仪态万千,在天穹下开枝散叶,一片葱茏,深情地把点点绿荫洒向人间。

前童竹林村有一棵1000余年的樟树,高18米,树围达15米,高大壮硕,态势巍然,被誉为"浙江第一古樟"。即便是在几十米开外注视,亦能感受到它扑面而来的澎湃之势。古樟背下方有一个面积近 40 平方米的大洞,俨然一间天然木屋,钻进树洞,假如枕着淡淡的木香入睡,一定连梦也是香香甜甜的。

有一次去岔路榧坑村,甫一入村,便觉得有一些淡淡的甜香萦绕左右,环顾四周,但见沿路榧树成列,树冠如云,蔚然成荫。榧树是我国特有的第三纪孑遗植物之一,起源于侏罗纪,距今约 1.7 亿年,被称为"活化石""活标本"。榧坑村有榧树 2000 多棵,其中树围在 2 米左右的有 30 余棵,是不可多得的古榧树群。我们爬上小山坡,坡上的榧树尤为繁茂,根茎硕大。其中有一棵榧树,树龄逾千年,高 25 米,树围 4.5 米,冠形如巨伞,遮阴近千平方米,称得上是宁波的"榧树之王"。

……

《人民日报》原副总编辑梁衡认为,记录历史有三种形式:语言文字、文物和古树。而这三种形式中,只有古树是有生命之物。

古树因此而珍贵。古树具有多元价值性、不可再生性、特定时机性以及动态性等特点,是一座优良林木种源基因库。古树蕴含古水文、古地理、古植被的变迁史,是研究当地自然历史发展的重要材料。一棵棵古树,是大自然留与宁海人民的宝贵财富。

面对古树,我常常会把它们想象成一个个睿智、亲切的老人,枝叶的轻轻喧响,仿佛是与我的絮絮私语,与我的倾情诉说……

三

古树浓缩了时间,折射着变迁,既是历史的见证,也承载和传承着深厚的文化内涵。从《诗经》的"桑之未落,其叶沃若""桃之夭夭,灼灼其华"始,绵延几千年,人们寄情草木,赞颂爱情,歌唱英雄,憧憬未来。

岔路柴家村有一棵高 20 多米,树围 6.5 米,树龄在 1700 年以上的擎天巨柏。它虬枝盘结,遍体沧桑,三分端庄,七分神秘。这,就是"万婴柏"。

相传千年之前,有一石匠上山采石,把一块形如蛇盘的巨石化开时,发现里面有一只大石蛋,便带回家中。一日,石匠妻子分娩,孩子刚出世,石匠又听得屋里一声怪响,只见那枚石蛋裂开,一条银光闪闪的白蛇爬了出来,转瞬就不见了。夜半时分,忽听得孩子啼哭,妻子伸手去摸,身边哪里还有孩子,哭声还越来越远。夫妻俩连忙追赶,一直追到大柏树下。石匠夫妇的呼救声引来了村民,大家拿来斧子,几个腰粗膀圆的汉子轮番砍树,想要砍倒柏树,救出孩子。但那树干像铜铸铁箍般坚实,毫发不损。石匠救子心切,爬上树朝树洞中一看,只见洞中盘着一条茶筒般粗的白蛇。石匠吓得魂飞魄散。

从此以后,大柏树白天雾气缭绕,晚上时常伴有婴孩的哭声。附近村庄流传着婴孩被白蛇精摄走的消息,一时人心惶惶。

有一天夜里,石匠做了一梦。梦中一老者告诉他:当年是我把一条作恶多端的白蛇精镇压在狮子岩下,但它已有身孕,你采石时将蛇蛋带回家,就又孵化出一条白蛇精,这白蛇精藏身大柏树中,要吃掉一万个婴孩方成正果,你可去柴界龙潭请克蛇龟除掉蛇妖。

第二天,石匠和村里的几个青壮年一起整装出发,一路千辛万苦,历经七七四十九次磨难,终于到达柴界龙潭请回了克蛇龟。

克蛇龟钻进树洞不多时,便有一股白气、一股青气窜出升空,顿时风雨大作,电闪雷鸣,但见白气、青气呼啸相搏,盘旋缠斗不已。两个多时辰后,白气终究不敌,向西面大洪山方向退逃,青气穷追不舍。随着一声巨响,白气、青气霎时俱散,天地清明,却见大洪山脚下多了一支形如长蛇的逶迤山脉,而蛇山前方有一块龟形的巨大岩石,昂首屹立,迎头阻击。

自此,大柏树婆娑葳蕤,复归安宁。

岔路柴家村的"万婴柏"只是一个传说,岔路下畈村的那一棵古樟,却是有史可考。

这棵古樟树树龄500多年,高23米,树围近5米,平均冠幅35米,浓翳低垂,覆盖面积达1000多平方米。作家浦子曾经写过一个《五百年下畈成一树》的散文作品,记录了古樟树下的一段史实。我不废笔墨,抄录原文一节如下:

> 村里的周氏,这个族姓里出了一个共和国的总理,他就是周恩来。村里的村民,不管是种地的还是做干部的经商的,一个个儒雅有致,因为,他们与周恩来一样,同是周茂的后裔。据考证:这一族的周氏始祖,是元朝贵族高官,是蒙古淮王伯颜的尚主(女婿),曾任中书左丞相、上柱国,赠太师,谥忠宪。时势很乱,改姓周名茂,成为东岙望族周弁后世族人,死后葬宁海县清溪寺山(东岙村后周氏墓地)。周茂被尊为该周氏始祖,周恩来是他的二十代嫡传后裔。而成为周茂之先辈的周弁(1021—1093)祖居宁海一市镇东岙村,自幼丧父,由贤母抚养成人。他年幼好学圣贤书,读书每通宵达旦不息,成为宁海县史上第一位进士(嘉祐六年王俊民榜)。不但自己好学,七个儿子也先后登进士第,是宁海县历史上有名的一门八进士。在当代,更是以同宗的周恩来作为族人的标杆。周恩来不仅仅是党和国家的优秀领袖人物,更是受世界华人称颂的当代大儒。我问当地村民何时得知与周恩来同宗,村民回答:是2015年10月31日,周恩来的侄女周秉宜一行来村里告知。周秉宜说,通过她与家人的共同努力,已经确认周恩来的始祖地在宁海县一市镇东岙村,与下畈的周氏同宗。

就这样浩浩荡荡伸展到它的极致。

四

6年前,我在编审《宁波古树》一书时,曾特意为之写过一篇卷首文章,题为《仰望古树》。现在,我将其最后两节文字移植在此,作为本文结尾:

> 时间也会老去,古树却年年常青。我羡慕古树的高龄,但我更赞美古树看云卷云舒、潮起潮落,伫立千年的淡定。
>
> 古树是让人仰望的,因为古树之美——无与伦比!

(2019.11)

藕花深处

水生植物中，荷花是我比较喜爱的一种。

这份喜爱，最初源自诗文优美的诱惑。读到朱自清《荷塘月色》中的"曲曲折折的荷塘上面，弥望的是田田的叶子。叶子出水很高，像亭亭的舞女的裙"，还有"接天莲叶无穷碧，映日荷花别样红""风蒲猎猎小池塘，过雨荷花满院香""碧荷生幽泉，朝日艳且鲜"等等，眼前便会有一池的荷花立叶挺水，临风招摇。

办公楼边上甬新河的河面最宽阔处不超过百米，河工们在河道俁背弯抱处、水流相对潺湲的沿岸养了一些荷花。我伏在河边观景平台的栅栏上观赏，层层叠叠的碧叶如盖如伞，上面是微风和袅娜的枝，枝上顶着初蕾的、含苞的、绽放的花朵，粉红嫩白，在 8 月浅秋的霞光里精神抖擞，自有一种让人爱怜的气质。一只白色的水鸟冷不丁从叶丛中飞出来，猝然得让我以为是一朵荷花突然间飞了起来。我的眼睛跟着它飞上晴空，我发现，天上着了淡淡霞色的一团团云朵，仿佛放大的朵朵荷花，也开得灿烂。

这个季节，在远在千里之外的"荷花之乡"白洋淀，承包藕田种植荷花和莲蓬的藕农开始收获了，他们采花摘蓬，卖给城里的花店。由于荷花保鲜期短，摘早了花型不好看，所以男人们每天上午下田先采摘莲蓬，等到下午三四点时才采收荷花。午后的气温很高，男人们头顶烈日在齐胸深的水里采摘，又热又闷。脚下踩着软泥，行动起来十分费劲,摘满一小船需要两个多小时,身上的水早已分不清是汗水还是河水。如果这时从空中俯瞰,三两只小船上,一头是青青的莲蓬,另一头是浅绿的荷枝,中间一截是红粉鲜艳的荷花,随意地浮在散落着田田荷叶的河面上,很诗意,很美。

船甫一靠岸,等候已久的女人们就赶紧上前帮忙将荷花运上岸,在近岸的工棚打捆整理好,放在塑料桶里,连夜运往北京、天津等城市,第二天早上就会娇艳地出现在一个个花店中了。荷花和莲蓬10个打一捆,价格好时,每捆可以卖10多元!

而在更加遥远的孟加拉国,生活在蒙希甘杰的农民则主要以在一些湿地种植睡莲为生。睡莲是孟加拉国的国花,不仅花开美丽,还是当地的特色食材,睡莲的长茎通常被用来制作蔬菜咖喱。睡莲青紫的长茎有手指般粗,1米多长,刚采收上来时一头的莲叶还带着晶莹的水珠,一圈一圈齐整地盘在小木船里,像河面上灵动的涟漪。

种花、采花、卖花,以花为生的日子,有苦有累,想必也有着花一般的馨香和美好吧。

有一年,途经湖州长兴太湖图影生态湿地文化园。那天阳光不燥,微风正好,循着曲桥走进"荷塘秀色"片区深处,密不见水的荷叶之上,一枝枝细细长长的荷枝,婉约多情地把粉白浅红的花朵捧到游客们眼前,仿佛生怕你粗心,错过了它们的瓣开出的最美的花样,它们蕊心中忙忙碌碌的小蜜蜂的殷勤,以及它们的淡且沁肺的幽香……

"荷花正闹莲蓬嫩。"上得岸来,看见有人在兜售莲蓬。活了半个多世纪,我还没品尝过新鲜的莲子。看到同事热热闹闹买了尝鲜,我也买了一只。那莲蓬,碗口大,莲室湿润,嫩绿的莲子粒粒饱满。一粒粒挖出来送进嘴里,竟然无比的清脆爽口,别有一种风味。

我没看过采莲。当莲子的甘香充满口腔,我的脑海里便浮现出《荷塘月色》中描述的情景:"采莲是少年的女子,她们是荡着小船,唱着艳歌去的",和文中引的《西洲曲》里的句子:"采莲南塘秋,莲花过人头;低头弄莲子,莲子清如水。"如此景致,真是美不胜收。

当然,尤其令人向往的是一个叫普者黑的地方。这个云南私藏的桃花源,2万亩一望无际的荷花齐刷刷地绽放,惊艳了整个夏天。这时候,我最想独自驾一叶扁舟,"误入藕花深处",那时太阳已经偏西了,黄昏一定摆出全部接纳的架势,我不由拼力"争渡,争渡,惊起一滩鸥鹭"。鸥鹭"啪啦啦"飞上晴空,翅膀上闪烁着的点点霞彩,宛如缤纷的礼花。我知道,那一刻,生活中所有的美好,都会在心里飞扬起来……

尼采说:"每一个不曾起舞的日子,都是对生命的辜负。"这样一个令人"起舞的日子",我期待着。

(2020.8)

秋　叶

"云天收夏色,木叶动秋声。"秋天,又一次深情款款而来。

朔风乍起,草木叶子里的那些"少数元素"就忍不住蠢蠢欲动了。春萌夏长的季节,叶子们是清一色的绿,像深的湖,大幅大幅地汪着水一般,浅浅深深,飞碧流翠。霜降之后,叶绿素合成的速度变得缓慢了,叶子里的叶黄素、胡萝卜素和花青素这样一些少数元素,就紧紧抓住强烈的紫外线和低温刺激的有利时机,伺机而动,在叶面上一点点地晕染开来,渐然渐次"红胜火",在簌簌秋风中唱响生命的繁华、厚重和不舍。

我在小区的花园里徜徉,一日又一日,眼看着丛中一些树叶渐渐变成金黄或绯红。

稍早一些时候,北京的香山,以及拥有红叶资源的一些地区和景区就开始发布红叶指数了。Ⅰ级代表叶子变色率在10%~35%,处于叶片发黄状态;Ⅱ级代表叶子变色率在35%~60%,处于红黄与橙红之间;Ⅲ级代表叶子变色率达到60%~95%,全部是深红、暗红或紫红色,是观赏红叶的最佳时期。到了这个时候,这斑驳陆离而又热情奔放的秋色就会在朋友圈流转。那样的百变美图,怎能不让人怦然心动呢?我觉得,因此说走就走,或者千里奔赴,都是一点也不为过的。

连晴不知夏去,一雨方觉秋深。在宁波,毛黄栌、柿树等各种红叶树种,历经了春晖夏霖的洗礼,在浓浓桂香里,相继迎来了它们的

"高燃时刻"。山山岙岙间,"先声夺人"的是乌桕和榉树。乌桕红得散漫,有的刚开始红,红叶夹杂在绿叶中,有些凌乱、无感;有的已红到通透,在蓝天白云的映衬下,格外耀眼。宋代诗人杨万里有诗曰:"梧叶新黄柿叶红,更兼乌桕与丹枫。只言山色秋萧索,绣出西湖三四峰。"可见乌桕红叶的魅力丝毫不逊于名扬天下的"香山红叶"。

相比乌桕,榉树树形高大,远远眺望,鹤立鸡群的那一棵往往就是这位"老兄"。榉树彻底红透时,更像一支火炬,冲天而起熊熊燃烧。爱凑热闹的红叶石楠、南天竹,尽管它们在形象上无法与乌桕、榉树相媲美,但也全力以赴努力红到油亮。还有株形呈卵圆至圆球形、倒卵形或椭圆形的地肤,一个个"毛毛球"火红火红的,憨态可掬。虽说红枫的最佳观赏期是每年的 4 月下旬到 5 月上旬,但秋天即将落叶时,红枫的叶子会再次"羞红"。绵延 800 里的四明山上的红枫,成片成片地覆盖着云中山峦,早、晚的时候,你甚至分不清哪一片是霞彩,哪一片是红枫林。

"一枝红叶燃清秋""秋景瑰艳色流丹""层林尽染万山红",盛秋的大地像一块硕大的打翻的调色板,碧绿、墨绿、浅红、粉黄、艳黄、鲜红、褐红、胭红……层层叠叠的色彩,数不清有多少种,明朗而瑰丽,斑驳而绚美,秋的气息因之酽浓得如同乡下人家入口七分醉的陈年"番薯烧"酒,那样的芬芳、浓烈。

季节的分享和自然的馈赠总是如此慷慨、熨帖,在无垠的乡野,我们甚至可以找到一切有关于快乐的根源。

时光流逝,往秋的深处走,秋愈发舒缓。花园小径上落叶点点铺排,偶尔风过,"无边落木萧萧下",一场彩色的叶子雨,如梦似幻。

换作从前,年少的我,面对如许天降落叶,一定会欣喜若狂。那时没有煤气、天然气,一日三餐做饭烧的是木柴。母亲下班回家,一切准备妥当,吩咐道:生火了。我早就候在镬灶下,应声点火。大镬灶烧火最难的是生火,常常是捣腾了小半天,弄得一脸"烟熏妆",眼看着引燃物噼噼啪啪燃起熊熊烈焰,硬柴上的火苗眨巴眨巴要蹿起来了,不知怎么一缕青烟抖动几下,火苗旋即熄灭了。一般家庭准备的引燃物不外是废报纸、用过的作业本、竹丝竹片、松针松果、落叶之类。到秋天树叶飘落的时候,放学后,我与公房区年龄相仿的一群"疯猴"一起上跃龙山拣松针松果和落叶。有时落叶不多,我们就用肩膀或后背连续撞击树干,把树叶沙沙地摇落下来。当落叶装满大大的编织袋时,已行将日薄西山,如果这时远远地看,一队小孩一个个头顶或肩扛着一只硕大的袋子,在灰暗的天色中从蜿蜒的山道上依次移动下来,那样子,倒像一长溜满载而归的小小蚁队。天气晴好时,将落叶摊在道地水泥地上晒,晒得干透了,然后存放在柴棚的角落里。

现在,落叶作为普通家庭镬灶引燃物的时代已成为历史旧事。在城市的公园、景区、绿地,落叶成了一道不可多得的靓丽的"自然风景"。

一过寒露节气,宁波就会结合道路实际情况在报纸上发布图文消息,推荐市区"落叶不扫"的近20条具体路段,让落叶为城市留下唯美的景致和别样的韵味,其中有:主要树种是三角枫的海曙区民丰街,主要树种是黄山栾树的鄞州区凌波路,主要树种是银杏的鄞州区甬江大道、东钱湖环湖南路,主要树种是枫香的北仑区新建路,主要树种是无患子的镇海区西大河路、高新区朱一路,主要树种是法国梧桐的奉化区竹园路、桃园路、义门路等等。消息中还细致地开列了不扫落叶的拟开展时间,如三角枫在11月20日—12月25日,黄山栾树在11月10日—12月30日,银杏在11月1日—12月25日,法国梧桐在11月10日—12月20日等。消息不啻充满了巨大的诱惑。

是的,这是多么令人期待的诗画景象。高高的三角枫或者银杏或者枫香或者法国梧桐沿街延伸,红黄交叠的落叶铺展在林荫步道上,仿佛一幅惊艳千年的油画;晨光或者夕晖透过树枝间的缝隙洒落下来,氤氲迷离,让人微醺,有人往来,轻言细语;偶尔踩踏和鞋尖推开落叶的声响像湖面上的涟漪,由近及远悄然荡漾,一种浪漫、一种出尘脱俗的宁馨、一种亲近自然的愉悦在心中油然而生。如果在这时,有一首曲子从街边小楼的窗口传来,最好是马修·连恩的那首深情到让灵魂动容的《布列瑟农》,那么,这将是怎样的心境交融呢……

"落叶不扫"的城市,一定是一个有情怀、有温度的城市。

前不久的一天,我在街上碰到一个认识的老师带着一队叽叽喳喳、兴高采烈的小学生。我打招呼,哪儿去?老师刚要开口,不料被她左右的学生抢了先,去公园拣树叶!我不无惊讶,啊?老师笑着道,拣一些枫叶、银杏叶回来,画画。好主意!我不禁脱口赞叹。

这让我想起一个叫艾伦·肖的印度插画家,他每年秋天都会画一系列插图,有一年,受秋日美景的启发,艾伦决定收集树叶拍照,然后添加水彩插图来表达对秋天的爱。我曾无意中在一份杂志上看到过艾伦这一个系列的插图。那些焦红色的梧桐叶,在艾伦的眼里,是舞者飞扬的长裙,是琴师手中大提琴音域浑厚的音箱,是街头歌手头上与歌声激情共舞的长发。而一些椭圆形的鲜艳红叶,又成了海上竞逐的舢板的风帆,一排在寒霜中红透的树林,或者一只有些俏皮的悄悄逃逸的金壳虫……

艾伦完全保留了树叶的原形原色原貌,且构思奇巧,点缀简约,匠心独具,真的很美。

因此我总是想,凋零和悲凉是不属于秋叶的,因为所有辉煌灿烂、美好的谢幕都是壮丽的。

(2023.10)

田田一池荷

谷雨"初候,萍始生",不多时日,池塘里、河湾里水波潋潋,荷叶就陆陆续续一片片出水长开了。

突然间下起雨来,老屋门前的土路上就三三两两有人一蹦三跳匆匆而过,那都是远远近近在田野里耕作被阵雨赶回来的村人。他们有的手掌搭棚遮在头顶,有的索性脱下外套裹住整个脑袋和肩膀,只留两只被雨水打得湿漉漉的眼睛瞄着脚下泥泞不堪的道路。有的一定是正巧人在荷塘边,便随手折了一张阔大的荷叶扣在头上遮风挡雨。也有几个调皮的少年,折的时候故意留了一大截荷叶的长茎,他们撑着荷叶,奔走在迷迷蒙蒙的雨幕中,那个样子倒像一片荷叶带着一节莲藕随波逐流……

如今,每当经过一处碧叶重重叠叠的荷塘,这些旧时的乡村情景就会即刻鲜活地浮现在我的眼前。

是的,在那些平常日子里,平平常常的荷叶总是谦卑地与我们默默共处。

荷叶是民间常见的一味中草药。荷叶中含有荷叶碱、柠檬酸、葡萄糖酸、草酸、琥珀酸等成分,性凉、味苦,具有解热、抑菌和解痉作用,也常被看作降血脂、降血压的良药。

荷叶可入粥。新鲜的荷叶带着湿润的水意,略带青涩却野气蓬勃,一缕馨香清雅干净。巧手的女人们总是将鲜荷叶切成细丝,放点冰糖,和粳米一同用小火慢煮。做出来的粥青白相间,细尝颇有香远益清之味。这是荷叶粥,有去火化痰、祛脂降浊之效。又如,白扁豆、荷叶、大米加冰糖煮的扁荷粥,清暑利湿,和胃厚肠;取荷叶、荷花、扁豆花、大米煮一碗荷叶二花粥,则清热解暑,除烦利尿。

炎炎盛夏,有心的女人会将鲜荷叶与冬瓜皮、冬瓜芯一起煮后捞出弃去,汤底再加入少量冬瓜和肉丝,然后煨至耕种的男人回来,那可是一盏青绿爽口、让男人活泛舒爽的消暑汤呢。《红楼梦》第三十五回《白玉钏亲尝莲叶羹,黄金莺巧结梅花络》中,宝玉微恙在床,众人前去探视,"王夫人又问(宝玉):'你想什么吃?回来好给你送来的。'宝玉笑道:'也倒不想什么吃,倒是那一回做的那小荷叶儿小莲蓬儿的汤还好些。'贾母便一叠声的叫人做去。"我虽然说不清"那小荷叶儿小莲蓬儿的汤"是如何做的,如何式样,但深知其味一定不差,至少"还好些",故深得宝玉惦念。

荷叶可入菜肴。荷叶肉泥黄鱼、荷叶蒸排骨、荷叶粉蒸肉等等,那些日常的食材,因为有了荷叶的加持而"推陈出新""再创荣光"。还有杭州的传统小吃"荷叶八宝饭"。我想,那新鲜的荷叶也许就采自西湖,这就与别的荷叶有了截然不同之处,荷叶的清香慢慢渗透到八宝饭中,感觉吃的不仅仅是饭,还有那股香气,那种自然的味道,西湖的味道。

当然,最为人津津乐道的,莫过于"荷叶叫花鸡"了。相传明太祖朱元璋年轻时家里非常穷,有一天他饿得不行,到处找吃的,而后碰到一个叫花子,这个叫花子手艺了得,他偷了一只鸡,用荷叶包裹后糊上泥巴烤,不料这一烤,竟烤成了一只名扬600多年,至今仍脂香扑鼻的坊间"名鸡"。不过,这只是传说而已。

有一次在乡下,我有幸全程见证了荷叶叫花鸡的制作。鸡是放养屋后吃虫草菜叶的土鸡,锦羽黑爪,壮硕敏捷,啼唱嘹亮。男人手脚麻利,不到半小时,就把一只公鸡处理得妥妥帖帖交到女人手上。

在男人宰杀时，女人预先将几片荷叶洗净晾晒在院子里的晾衣绳上，控去荷叶上的一些水分。女人把早已准备好的姜片、葱段、花椒、香草之类的香料一一塞进鸡肚，再用针线将鸡肚缝合起来，接着在整只鸡上涂抹一层白酒和香醋，然后撒上细盐揉搓均匀，最后抹上一层酱油。做完这些，女人转身摘下晾衣绳上的荷叶，将鸡一层一层包起来。包裹三层，然后用棉线捆扎牢，看上去没有一丝缝隙。这会儿，男人已经在屋后的菜园子里挖了一些土和成了泥，女人用泥浆严严实实地糊满荷叶。院子的一角置有一只瓦瓮，女人将裹了泥的荷叶鸡用专用挂钩挂进瓮中。接下来，女人从杂物间抱来树枝、杂木。女人点燃树枝，火苗"噼噼啪啪"蹿得老高，烧十几分钟后，地面上就形成了一堆青烟缭绕的炭火。这时女人把挂有荷叶鸡的瓦瓮移到炭火之上，并且罩住火堆。接着女人又把杂木支起在瓦瓮四周并引燃，很快，一堆新的炭火堆在了瓦瓮的外缘。女人不断添加杂木，直到她认为炭火堆积得差不多高了才罢手。两个小时后，香喷喷的手撕荷叶叫花鸡就摆在了我们面前。

　　荷叶亦可入心入情。面对"接天莲叶无穷碧"的绝美景色，又有哪一个文人墨客不被深深打动呢。

　　大约780年前，一个雨后初霁的夏日，宋朝诗人包恢路过东湖，但见稚嫩的茎顶着圆盖，嫩绿的荷叶挺立在清澈的水中，高挑纤细，婷婷袅袅，不禁脱口吟道："因行过东湖，荷叶恰新美。柔茎柄圆盖，嫩绿出清泚。"好一幅绝美的仲夏荷叶出水图。而同在宋时的范成大却多愁善感，一个人站在潇湘水里，放眼遥望接天的无穷碧绿，想起屈原，想到自己的拳拳忧国之心仿佛面前卷曲的荷叶未曾得以舒展，遂将自己站成了一枚最忧郁的荷叶："拳拳新荷叶，愁绝烟水暮。风云忽飘荡，隐约闻箫鼓。"那一阵风来雨过，打在簇拥重叠的荷叶上，抑或是迎接屈原成仙的箫鼓？北宋文学家，被誉为宋词"婉约派"的集大成者周邦彦看到的，又是另一番景象："叶上初阳干宿雨，水面清圆,一一风荷举。"在清明的月色中,朱自清感觉"曲曲折折的荷塘上面,弥望的是田田的叶子。叶子出水很高,像亭亭的舞女的裙",那么美……

乡党潘天寿先生爱画荷。其写荷叶往往大笔挥洒,笔速较快,笔似斧劈。荷柄、水草如长枪大戟,穿插有致,坚如铁铸,壁垒森严,使人望之生畏。有一种"可远观而不可亵玩焉"的感觉,有评者如是说。而我每每读先生的荷画,总能读出一种不羁精神,一种傲然风骨,一种宏阔而意远的气场。

待到深秋,荷塘碧绿褪尽,寥寥几片荷的败枝碎叶,或断、或弯、或折、或垂、或斜,尽显秋的萧瑟,水的清寂。有的人看了不禁愁绪涌上心头:"菡萏香销翠叶残,西风愁起绿波间。"而吴冠中的几幅《残荷》,疏枝墨叶,清风透骨,间隙处,几点绿红闪亮,他曾这样回忆道:"汽车在田野奔驰,庄稼地一色金黄,已是丰收季节。突然,出现一大片残荷,水面枯枝交错,残叶与莲蓬卷缩得难辨形体,都似无意挥写泼散的黑块与黑线。这些线与块显得分外动人……倒仿佛利用水袖强调了舞蹈的节奏,余韵悠悠。"

平平常常的荷叶就是这样以它独具的存在形式和时序节奏,在水一方,与我们浅相伴、深相连。

生命的滋养都是相互的。在"友好型"的自然生态世界里,即使是最平常、最微不足道的事物,也值得我们珍惜和尊重。荷叶也是。

(2023.4)

第七章 Chapter7

日新月异

井水荡漾

一

　　两横一撇一竖,笔画简简单单的一个"井",在流年的烟火日子里曾经与我们息息相关。

　　那些水井,默默地蹲坐在街的转角、小巷的侧畔或尽头,蹲坐在炊烟袅袅、摞满了锅碗瓢盆的生活深处,蹲坐在潺潺不绝的宁静时光里。它们大同小异,貌不惊人。它们隆起裸露在地面上的井栏部分有方形的、圆形的、多边形的,大都以山上采凿下来的条石为材料,经风沐雨,黝黑、粗糙、敦实,纹理皱褶交叠,有如罗中立画笔下皱纹纵横的《父亲》,但它们的内心,却像母亲的心那样清澈、亮堂,一"汪"深情,甘甜如乳。

　　井台是婆姨妯娌们的舞台。尤其是在夏日烟霞满天的黄昏,她们拎着一篮子家人换下的衣物,挎着一只大木盆,木盆里是肥皂、排刷和搓衣板之类,有的邻近相约,有的拉扯着"泥猴"般脏兮兮的小男孩,从四面而来。一时间,浣洗的哗哗哗,捣衣的嘭嘭嘭,响成一片。不知这一位咬着那一位的耳朵说了句什么,两人咔咔地笑个不停。小男孩被剥得一丝不挂,害羞地赶紧用双手捂住下体,大人却嗔道,小样,你那小鸡鸡,阿婆阿姨哪一个没见过?话音刚落,笑声轰然而起,这个笑成泪眼迷蒙,那个笑得直不起腰来,连那性情有些孤僻的,也将两条手臂支在盆沿,背着大伙的肩头一颤一颤地抖动着。才噤声片刻,这一位和那一位又绕着井栏追逐开了,却是怎么也追不上,情急之下,这一位舀起吊水铅桶里的水朝那一位泼过去,水花飞起来,在淡淡的霞色里一闪一闪的,像天幕上坠落下来的一颗颗星星……

好一出活色生香的市井生活情景剧,温暖,走心。一些路人也会停下来站着看一会儿,离去的时候,脸上便有些许喜悦和陶醉的神情了。

井台也是市井新闻发布台。那些家长里短,无论好事、羞事、喜事、痛事,半真半假的事,都从这里出发,口口相传,走进千家万户的茶余饭后。

二

前不久有一次,我问8岁的外孙女月亮,月亮,你知道什么是水井吗?她摇摇头。

而在我8岁那年,一口"迷你型"的小水井,惊喜地出现在我们家里。

那时候,我们家在假山公房。虽说是公房区,却拥有一个令所有住户都艳羡到妒忌的十余平方米的独门小院。那时,父亲在乡下公社工作,由于交通不便不能经常回来,家里的一切都落在母亲一个人身上。尤其是取水,确实不是一件轻松的事,父母一合计,决定在小院里打一口井。

有一天一大早,家里来了八九个精壮汉子,他们背着铁锹、钢钎、短锄、土畚等工具,拉了满满一手拉车的岩石片和卵石。他们选定井口位置,先将3根碗口粗的圆木支成三脚架,在顶端安上铁葫芦,然后破土开挖。开始时,一人挖,另一人往土畚里装土,装满一畚,单手抓起,一扬臂,就甩上了地面,渐渐挖深了,便将土畚挂在铁葫芦拉链的钩子上,"哗啦哗啦"地拉上来。将近中午,挖到七八米深的样子,下面人喊,出水了!大家纷纷探头往下看,果然,有水从泥土中渗出来。那时地下水位高,这是很正常的。接下来是盘井。先用片石铺了井底,再用卵石一圈一圈地盘井壁。盘井是一件手艺活,得有水平:一要盘得圆;二要找准卵石最平整的面,确保井壁整齐;三要不露痕迹地逐渐适度收缩,形成肚大口小的结构。盘一圈,还得用挖出来的土回填一次,夯实,一直盘到与地面持平。井栏是砖头砌的,最后用水泥抹面、勾缝。就这样,一只小水井,冷不丁地走进了我们的生活。

有了小水井,才真正体会到什么是方便和省力。那时没有电冰箱,一到夏天,水井就成了天然"冰箱",西瓜、李子丢下去冰镇一下,再吃就美味得让人神清气爽。剩下的饭菜,放在竹篮里吊在井中,不用担心变质。盛夏,我脱得只剩一块遮羞布,一桶水举过头顶往下冲,一直冲到暑气全消、痛快淋漓才罢,先前节约用水的念头早就丢到爪哇国去了。

有时,家里正做饭,有人"砰砰砰"敲门,声音又急又响,打开,却是邻居,他说,讨点水,讨点水,油盐下锅才发现水缸空了。母亲热情地迎进来,引到井边。邻居提了水走了,但那一迭声的谢谢,在小院回荡了好久。

但是好景不长,由于过滤的地表浅,过滤不彻底,细菌残留多,井底生出了许多小虫,偶尔还有浑浊的积存翻腾上来。母亲说,以后井水就用来拖拖地、洗洗衣服吧,吃的水还是到外面的水井去取。

当时家里用来取水的是两只大铁皮桶。少年时代,我特别瘦小,一桶水,或者和母亲抬,或者和弟弟、妹妹抬。有时也想着逞能,一个人挑,结果两桶水(都只有小半桶),累得百来米的路程得放下担子休息三四次。

三

假山公房周边,我们经常去的水井有3处。

离家最近的水井在矿业公司。在我的记忆里,矿业公司永远是静悄悄的(好像是停产了),尤其在阳光照耀的午后,静得如马尔克斯笔下笼罩在连绵阴雨中的马贡多小镇,让人感觉沉闷和压抑。

从后门进去,穿过一间小平屋,便是一个狭小的天井,天井里堆了一些已经切割的乳白色矿石。小学的语文课本里有一篇课文,是《青田石雕》,所以我想,这些晶莹剔透的矿石大概是用来雕刻艺术品的吧。天井里有一座水塔,旁边挨着一口比家里的小水井大不了多少的水井。这口水井是水泥筒一截一截套叠成的,打这口井,应该比用卵石盘井要简单、高效得多。因为井口小,我便常常跳上去,两脚分开踩着井栏,这样打水能省不少力。

倘若矿业公司关了后门,就只好去稍远的八角楼井。这八角楼井,说起来还有一段历史。据传,乡人华九叙(约1354—1424),其祖、父均任朝廷要职,本人学问渊博,淡泊名利。年长,邑里公举其贤能,为明太祖朱元璋亲自召见,授官不受,赐名"常春老人"。华九叙回乡后,为感念皇恩建了一幢"常春楼",因楼为八角形,故俗称"八角楼",园中有一井,便唤作"八角楼井"。当然,当时年少,我只道仅是一个叫法。

这八角楼井,在县城里是尽人皆知。其为石砌井栏,卵石井壁,井水夏不盈、冬不涸,清冽异常。井圈稍大,可容几个人同时放桶打水。井也很深,水位低时,连续提上两铅桶水就令人气喘吁吁。

记得有一年旱情严重,耗水量激增,八角楼井也禁不住抽水般源源不断的消耗。在清亮的月光下,明明井下面月色荡漾,一片白亮,铅桶放下去,却"啪"地触着了底,左摇右晃使劲抖动铅桶的吊绳,铅桶总算侧翻了,但往上提时却轻轻巧巧,毫不费力,桶里的水不满小半碗,连塞牙缝都嫌少。前来挑水的仍然络绎不绝,他们上前看看井下的情形,留下铅桶,排在铅桶、石头、搓衣板组成的队伍后头,返身回家去了。

大家信心满怀,因为明天早晨,井里的水位会和朝阳一样升上来。

八角楼井附近区域,颇具知名度的人物大概要数"全"了。这全,瘦高的个子,谢顶,如果有谁失手将铅桶掉井里了,只要吱一声,肯定有求必应。有时,他正在吃饭,也顾不得妻子的埋怨,操起长竹竿就随人而去。打捞铅桶,说说简单,实际操作却不容易,特别是在井水涨得很满的时候。一根长竹竿够不到井底,怎么办?把一根长长的麻绳和竹竿缠在一起,在麻绳下水的一头拴上一只五六个叉头的扎钩,放入井水,一边缓慢移动手中的竹竿,一边像工兵探地雷那样小心翼翼地探测铅桶的方位。竹竿下端的麻绳是软的,在深浅不同的水中所受到的阻力不同,操控起来就不能得心应手,所以,捞得起铅桶除了运气,确实得有一定水平。有时候,铅桶慢慢提上来了,但由于扎钩的位置不给力,桶刚钻出水面,又砰地掉了回去,重新沉入井底,害人空欢喜一场。当然全的打捞水平还是让人佩服的,据说,他有一日之内打捞起6只铅桶的纪录。

我和全素不相识,但也曾得到过他的帮助。一个中午,铅桶从我的手中脱逃,掉落井中。一旁洗衣的阿婆瞧我急得欲哭的样子,指点道,孩子,你去那边找一找全吧。我一条巷子一条巷子挨着找,凡是开着门的都进去问,但都不是全。看到我独自返回,阿婆安慰说,孩子你上学吧?你去吧,放学时来拿,一定在的。

下午放学,我再到八角楼井,井台空无一人,阿婆也不在,只有我们家的那只铅桶被搁在洗衣水槽上,在夕阳里令人心花怒放地等待着!

再一处就是白石头水井。

以前,县城里有个白石村,村口有一块纯白的太湖石,重200多斤,形似母猪。民间传说,这块白石头原是一只白猪精,是猪八戒的亲生女儿。白猪精懒惰贪吃,食量大得惊人,一个县一个县的庄稼都被它吃得颗粒无收。百姓叫苦不迭,去求大慈大悲的观世音菩萨。观世音菩萨向玉帝奏了一本,玉帝勃然大怒,令雷公电母速速将其击毙,以慰苍生。雷公电母得令,哪敢怠慢,腾云驾雾巡查,发现白猪精正在东土大唐台州府宁海席卷一片果蔬。电母布雾,雷公作功,说时迟,那时快,对准白猪精就是一个震天动地的穿心霹雳,可怜白猪精没等明白怎么一回事,就被烧结成一块白石头。后来,人们索性以白石头为标志物,把所在村庄叫作白石村,经过的那条路叫作白石头路,白石头旁的那口水井叫作白石头井。

后来偶阅明崇祯《宁海县志》,才知道明洪武年间,宁海乡人卢原质中榜眼,官至太常寺少卿,后在靖难之变中殉难。平反后,后人从南京卢原质故宅运回劫后唯一残存的白玉奇石安放在此处。

那时,我尤其喜欢白石头水井的原因就在于这一块润滑如玉的白石头。母亲常常带着我们兄妹3人到白石头井边洗澡、洗衣服。每次,我吊上一桶一桶清冽的井水,"哗哗"地泼到白石头上,然后爬上去,仰卧在石背上,一股沁肺的凉爽便从背下漫溢开来,蒸发了一天的暑意。我眯起双眼,看空中的晚霞一点一点地消退,云朵被晚风一块一块地漂白。鼓钹的喧响、抑扬顿挫或如诉如泣的演唱,时常会从东边十来步外的县越剧团传过来,那些在小巷边、井台旁和白石头小店门口乘凉、扯闲篇的老人,闭着眼睛,在曲子里摇头晃脑。西边不远处是天主教堂,有时,唱诗班虔诚的祈祷,会在演唱暂停的间隙隐约飘来……

1978 年,城西崇寺山南麓县自来水厂历时 4 年建设竣工投产。不久,家里接入了自来水。

四

许多年后,有一次,我陪同外地客人去余姚参观河姆渡遗址博物馆,站在复原的水井边,心里只有感慨。在漫长的 7000 多年间,日复一日忠诚地陪伴着人类生产生活的水井,已渐然远去了。或许在不远的将来,当我们的孩子在学习"坐井观天""井水不犯河水""井以甘竭""井底之蛙"这样一些成语时,首先应注解释义的,必须是"井"为何物了。

当然,离我们渐行渐远的又何止水井和水井的那些传说呢!

(2019.10)

零 食

  白石头对过的蔡家巷口有一爿临街小店,母亲经常叫我们去那儿打酱醋酒。

  小店门口高高的柜台上,总是排列着四五只"大腹便便"的玻璃瓶,里面装着一卷卷淡黄色透明纸包装的泛油飘香的桃酥,或者是散装的、鸡狗猫牛之类动物形状的饼干,当然还有小糖,有花花绿绿的纸包糖,也有裸露的、外表沾满了细糖砂的五颜六色的果味小圆糖。年少的我们馋得"眼乌珠碧绿"[1],嘴角边的涎水常常挂成三尺多长。

  那是 1970 年前后,一个物质相对欠缺的年代,许多东西都得凭证、凭票购买。哪像现在,县城街面上有专门售卖零食的"老婆大人""零食码头",有"乐购""联华"几家大卖场和说不清有多少间的"小小超市"。满架满柜的零食琳琅满目,咸酸甜辣,荤素松软,煎烤的、炒制的、烘焙的,清淡的、低糖的,各个年龄段的,方的、长的、扁的、圆的、单支装的、组合包装的,纸袋装的、塑料袋装的、铁皮桶装的……各式各样,应有尽有。有时候,9 岁的外孙女小月亮站在这一屋子眼花缭乱的零食中间,会不知所措地问身边的外婆:"外婆,你说我吃点什么呢?"

  而在我 9 岁时,倘若分到一颗奶糖,我一般是舍不得一次吃掉

---

[1] 宁海方言,眼睛睁得很大一动不动盯着看的意思。

的，往往先咬下一半，将另一半用糖纸重新包好，藏在口袋或书包里，等到下午乃至明天再吃，这样就可以把口头和心头的快乐享受延伸得更长些。

记得有一次，妹妹生病了，正好远在西安工作的三舅回家探亲，看到侄女病了，特意给她买了一封豆酥糖。一封里面有十小包。豆酥糖又香又甜，妹妹吃得欢天喜地，每次脸上、衣襟上都沾满了白色的酥粉糖末。"准一年级"新生的弟弟在一旁眼巴巴地看着，不无感慨地叹息："还是生病好，有好东西吃！"从此，弟弟天天盼着自己生病，今天盼明天，明天盼后天，但病就是不"体谅"他的"殷切期盼"。终于有一天，他鼻涕涟涟，不由大喜过望，屁颠屁颠地跑去告诉母亲他病了。母亲伸出手来在他的额头上抚了一会儿，呵斥道："病，哪来的病？上学去！"弟弟一下子像霜打的叶子，蔫蔫的，满脸沮丧。

那时，父亲在水车公社当书记。父亲是个平易随和之人，下地的、采石的、铺路的，无论尊卑，他从不低眼或高看，所以家里从来不缺村里来人，赶集的、卖瓜菜的、看病的，甚至走亲访友的，即使父亲不在，也都会拐进来，歇歇脚，喝口水，吃个中饭。当然村里人也不会空着手来，西瓜上市了带几只西瓜，收萝卜时带些萝卜，卖鸡蛋的会留下一小竹篮鸡蛋，等等。

水车公社地处白溪下游，濒临出海口，故多冲积滩地。沙性土地产出的西瓜、萝卜特别松脆、甘甜，花生则有点糯，鲜甜，很香。有一年水车的花生丰收，也就理所当然地惠及了我们家。除了煮一些鲜吃，大部分花生都被母亲"截留"了。用清水将花生淘洗干净，趁着阳光明媚的好天气，让我们抬到公房区旁边生产队的晒谷场摊开来晒。曝晒十来天，成干花生了。母亲把干花生装在一只六七十厘米高的铁皮箱桶里，压紧了盖子，塞在我们的床底下。我们知道，这是要等到过年时才会拿出来炒了吃的。

可这些美丽的花生，无时无刻不让我们兄妹 3 人牵挂。

每天早上上学前，我们伏下身子，蹑手蹑脚地爬进矮矮的床底，拨开杂物，小心翼翼地撬开箱盖，只怕发出什么声响惊醒熟睡的母亲，而后迅速伸手抓几把花生塞进书包里，一溜烟离家而去。

那是些多么美好的早晨啊！太阳欣欣然地升起来，麻雀们在细细的电线上排列打坐，当我兴奋地将花生壳甩上天空时，它们中有的便殷勤地拍翅鼓掌、啁啾点赞。即使有时候下起了小雨，或者风有点大，有些冷，但比起一路上的好心情，那又算得了什么呢？

时间在神不知鬼不觉地向前。满满一箱桶的花生也终于"神不知鬼不觉"地被掏空了。

离过年很近了。要掸尘，要包粽子，要打糖，要置办一应年货……母亲想了想，还是趁早把花生、瓜子炒了吧。母亲从我们床底下往外拉铁皮箱桶，只觉得轻，又听得"哐当哐当"作响，心里疑惑不已，打开箱盖，里面空空荡荡。

母亲什么都明白了，但明知故问："花生呢？"

我们早已订立"攻守同盟"，回答道："不知道。"

"不知道？"母亲睁圆了眼睛。

"可能被老鼠吃了吧。"我嘟哝了一句。请原谅，那时候，我对"自欺欺人""掩耳盗铃"这样的成语只是一知半解，更不知道撒个谎还得讲究逻辑。

"什么，老鼠吃了？"母亲厉声责问，"老鼠学会开箱盖了？老鼠连花生壳都一块儿吃了？"

我们这才知道瞒不住了，吓得面面相觑，大气不敢出。

那一年，过年的炒花生还是有的，是后来村里的乡亲们拼凑了送来的。

现在，零食已经不是孩子们的最爱了。我们家的小月亮只有当她完成作业被允许看平板或手机时，才会两眼放光、雀跃欢跳起来。

人的生活和人生体验都是有时代感的，而这，终将深深地留在我们每一个人的生命中。

（2020.12）

弄堂叫卖声

银海嘉园是一个老小区,衔在与中山西路相接的丁香巷的巷口。

丁香巷这一片以三层半的落地排屋居多,因此那些比丁香巷更窄更细的小巷、弄堂纵横交织,相互通连。在静静的弄堂里走过,你会遇见一些凡人的琐碎和悠闲,遇见缠绕在日常里的丝丝烟火气,或许还会遇见曾经……

"皮蛋——茶叶蛋哒哒烫——"

"青菜、萝卜、高山大米——"

"煤气——灌煤气啦——"

……

偶尔,一声声抑扬顿挫、尾音绵软的叫卖声在悠长的弄堂深处响起,也在我的记忆深处响起。

那是小时候,一旦听见门外的吆喝声,我们就会毫不犹豫地丢下作业飞奔出去。只见一个精瘦汉子肩抗着一条长板凳张望而来,声音却不失洪亮:"磨剪子,抢菜刀——"便有邻居阿姨捏了一把锈迹斑斑的砍刀过来,汉子接了,又讨了一小盆水,跨腿骑在长板凳上。长板凳一头装着一个简易的固定架,牢牢扣住一块灰不溜秋的磨刀石。汉子将砍刀浸一浸水,使劲磨起来。他不时掬起一掌水往刀刃上淋一下。公房区的孩子们像一只只小狗蹲在左右,眼中充满了好奇。刀刃渐渐发亮,汉子用拇指试了试刀锋,再磨,直至锋刃寒光闪闪。邻居阿姨拿来一段木柴,汉子手起刀落,但见一道白光划过,"咔嚓"一声,木柴一分为二。

来人也有挑着一对沉甸甸的圆肚箩筐的,嘴里喊着"针头线脑,纽扣——"

箩筐上往往加有竹编的盖子,上面堆放着粗细不一的、闪亮的缝针,红黄蓝白黑各种颜色的线球,颜色、式样、大小五花八门的纽扣。扁担两头挂着的丝巾、小饰物在微风里扭捏招摇,左邻右舍的媳妇妯娌们哪里还禁得住,"呼啦"一下就围了上去,这个看看,那个摸摸。来人趁机揭开箩盖,从里面一件一件往外掏,有针脚纳得细细密密的布鞋底,有时新的花色面料,有毛茸茸、手感柔软温暖的毛线,有娃娃的小肚兜,居然还有装在蛤蜊壳里、喷香喷香的润肤油……俨然一个小小百货铺。

她们买了自己心仪的东西,却久久不散去,围在一起品评所得,披挂比画,爆发出一阵阵开心的笑。有时候,快乐真的很简单。

孩子们的快乐则来自弄堂口那串"咚咚咚"的货郎鼓点和一声嘹亮的"鸡毛兑糖——"

来人挑的也是一对圆肚箩筐,一头的箩筐上搁着一只方形的木框子,上面盖着一张薄薄的塑布,隐约可见里边放着的黄澄澄的米糖。公房区的孩子们像听到了冲锋的号角飞奔而来,有的举着一支瘪瘪的牙膏壳,有的拎着一小捆硬板纸,有的拿了一团布片布头……大家争先恐后地将东西往货郎手中塞。要是硬板纸、布片布头等散货,他会拿手掂一掂分量,然后掀起塑布,用刀"嗒嗒"地敲下一块糖来,孩子伸手接了,就急忙往嘴里送。胆子大一点的,却不急着去接,嘴巴央求着:"再加一点嘛,再加一点嘛。"碰到心肠软的货郎,孩子总能如愿。

那时候,为了兑糖,我们差不多都是低着头走路,两只眼睛像雷达一样四处搜寻,哪怕是一片塑料纸、一根铁丝或者一只玻璃瓶,都会统统捡回家,藏在柴火堆的角落里。过年时家里宰了只鸡,要留起鸡毛。鸡毛湿的不行,得晒干。晒鸡毛是要当心的,如果只是摊在地上晒,一阵风刮过来,半干的鸡毛就会被吹得所剩无几。我们惯用的法子是将两只竹编的土畚相对扣起来,再把鸡毛装在里边,这样,太阳的光和热可以透过土畚缝隙钻进去,而风也休想吹走一根羽毛。

有一次,我看到一个小女孩拿了一束头发兑糖,羡慕得要死,心里不住地埋怨父母为什么不把自己生成女孩子。女孩子多好啊,有两条长长的辫子,随时可以剪下一些来兑糖,过不了几天,头发就长齐了,又可以剪了,何愁没糖吃?

孩子的天真多半是傻的代名词。

后来,读唐诗宋词,读到"深巷明朝卖杏花",眼前就浮现出一个俊俏的姑娘挎着一篮洁白的杏花,在雨后的小巷游走的画面,耳边响起的是朝鲜影片《卖花姑娘》里的叫卖声:"卖花啦,卖花——"

当然,这些都是很早以前的事了。

去年年初,我们家从银海嘉园搬到了城北新区的颐园小区。这儿到处是林立的高楼、宽阔的车道,没有弄堂,也听不到那些有些粗野、口音不一但让人感觉亲切的叫卖声了。

(2021.2)

第八章
Chapter8

城市记忆

缑城是果乡

一

10多年前的一个秋天,妻子的一个中学同学从山东潍坊来访。妻子说,安排去柑橘基地摘橘子吧。

我知道,她的这个想法一定源自半个世纪前第一次吃橘子的铭心的记忆。妻子是在潍坊坊茨小镇跟着外公外婆长大的,那里,有梨,有枣,有杏,有散发着成熟甜香的成片成片的苹果树,还有在深秋时节爆裂开表皮、裸露着晶莹紫粒、经霜后甘甜无比的石榴……却不知天下有橘。一次,她父亲出差路过潍坊,带给她一些宁海的橘子。剥开橘皮,那盈鼻的清香、一瓣一瓣掰分的小小乐趣、酸酸甜甜满腔生津的口感,以及一个陌生而美好的南方,就这样深深留在了一个十余岁少女的心上。

我国是世界上最早栽培柑橘的国家。柑橘对土壤、气候要求极高,故有"橘生淮南则为橘,生于淮北则为枳"一说。宁海地处浙东沿海,属亚热带季风气候,光照充足,雨水丰沛,很适宜柑橘生长。最初是零星栽种,以道地、庭院和园角为主,"婆娑一院香",自产自食,鲜有买卖。据1993年版《宁海县志》载,至民国三十一年(1942),梅七乡白莲寺僧增妙等人合资办场,引入温州蜜橘、脐橙等品种526株,栽种面积16亩,为县内最早成片的橘园。

新中国成立后，宁海柑橘种植业稳步发展。1966年，低丘矮山、海涂塘地试种柑橘获得成功后，开始大面积推广新围海涂种植速生蜜橘，种植规模不断扩大。1978年，宁海县被农业部定为全国柑橘基地县。20世纪80年代中叶之后，随着柑橘价格、生产结构的调整和柑橘市场的开放，全县柑橘种植面积增至近5万亩，柑橘成为全县最主要的经济作物之一。种植品种也逐渐增加，除传统的十几个品种外，又相继选培和引进了50多个新品种。相关栽培和推广技术曾获得省科技成果三等奖、国家农牧渔业部一等奖。

那时，每年的秋末冬初，从柑橘主栽区胡陈港水库放眼望去，两岸嘉树团团，浓密的枝叶间挂果累累。天气浅寒，橘园里却是热火朝天。橘农们忙忙碌碌地采摘，一箩筐一箩筐橙红的橘子排列在地头，一些被商家和摊贩收购了去，一些让自家女人摆在橘园的路边售卖，大部分被送到了县里的食品加工厂。

光阴如梭，一晃就到了1997年。1997年注定是一个值得记载的年份。8月18日，11号台风袭击宁海，风力达12级以上，降雨量318.4毫米，天文潮高达6.1米，风、雨、潮"三碰头"，东部沿海标准海塘岸一夜之间毁损殆尽，沿海一带柑橘基地损失惨重。同时，隐性损害也在其后两年逐步显现，由于橘树受海水过度浸泡，柑橘品质下降，价格暴跌，几无销售。为了减少橘农损失，县政府动员企事业单位和市民踊跃购买"爱民橘"，并出台了扩大柑橘加工企业收购资金信贷规模、增加资金贴息等政策，鼓励企业兜底收购，避免了"丰产不丰收"现象的发生。

其时，我在县政府办公室工作。有一次，国务院政府特殊津贴获得者、县林特总站高级工程师唐慧英带了几只黄澄澄、皮球大小的水果来参加县政府常务会议。那天正好我在值班室当班，候会时，她告诉我，她参会的议题是柑橘高接换种，通过高接换种，对受台灾严重和进入衰退期的橘园进行品质改良，这些是朋娜、脐橙，是准备接种的品种。

  1999年开始,宁海在温州蜜柑植株上进行高接换种,全面推行接种朋娜、脐橙和引进国外优质高产新品种。脐橙素有"柑橘皇后"之美称,具有无核、味甜、肉脆、清香、化渣等优点,与普通橙类相比,在不增加投入的情况下,亩产值可提高三分之一以上,经济价值较高,系是时柑橘界最耀眼的新秀之一。2002年,宁海"怡绿"牌朋娜、纽荷尔脐橙获"中华名果"称号,2006年获宁波市十大名果称号。产品行销宁波、杭州、上海和东北等地方的市场,深受消费者喜爱。全县柑橘产业逐步恢复。

  近年,县林特技术推广总站引进并试验成功的"由良"蜜橘也成效不菲。2011年在"宁波市百家精品果园评比和温州蜜橘擂台赛"中获"最高糖度奖",并荣登"擂主";2015年包揽"浙江农业之最"温州蜜橘最高糖度奖前三名,获最佳风味奖第二名;2016年通过浙江省林木良种品种审定;2017年获"浙江十佳柑橘"称号。

  截至目前,全县拥有万亩柑橘之乡2个,千亩以上柑橘基地近10个,总面积5万亩以上,柑橘品种60多个,年总产量7万多吨。

二

  1999年秋,我调到县农经委工作,2001年底又因机构改革进入新组建的县农林局,自此与农业农村工作结下了20多年的不解之缘。从另一个角度说,我也是这一时期农村经济转型、发展的亲历者和见证者之一。

  21世纪前后,中共中央、国务院连续几年出台一号文件,提出扶大扶强,全面推进农业产业化和农村经济发展,实施农业农村现代化建设。在这一大背景下,县委、县政府结合实际,也出台了一系列政策措施。为彻底改变本县农业经济作物"样样都有一点点,样样只有一点点"的局面,确定柑橘、枇杷、梨、香榧等为十大主导产业,以推动农业生产从数量型向质量型的转变,从零散经营向集约化、规模化、品牌化经营的转变,延长产业链,从单一种植生产收益向获取花期和采摘期观光休闲、精深加工综合效益的转变,实现农业增效、农民增收。

一年四季,那些果品静静地等待在缤纷的时序里,在属于它们自己的最好的时节开花、结果,接踵走进人们的生活。

乍暖还寒的清明天,桃花灼灼开放,桥头胡金牛山等地的草莓也红了,大棚里,颗颗草莓像一只只迷你小灯笼。欢乐佳田的业主在县报上订了一块版面,发布了草莓采摘活动的消息,把城里吃货们肚子里的"馋虫"勾引得蠢蠢欲动。

才过一月有余,有"吴越佳果"美誉的杨梅也在漫山绿叶的凝碧流翠间乌亮烁紫。"五月杨梅已满林,初疑一颗值千金。"一拨一拨从杨梅山下来的人,一个个吃得嘴唇乌紫乌紫的,一边叫嚷着"啊呀呀牙根酸死了",一边又将杨梅一颗接一颗地丢进嘴里。

杨梅是宁海的传统水果,种植历史悠久,品种有真梅、大木叶、细木叶、白杨梅、水梅、乌梅、炭梅等,果实乌紫透红,色泽艳丽,肉质细软,微酸且甜津多汁。目前全县杨梅种植面积近4万亩。2006—2008年,一市、胡陈、力洋杨梅先后通过国家绿色食品认证,一市东魁杨梅获"中国十大精品杨梅"称号。宁海地方特色品种炭梅曾被列为浙江省优良地方杨梅品种。

胡陈东山的这一届桃花节才热热闹闹地开过,转眼之间,花谢果孕,桃子就上市了。据史料记载,宋时宁海就有桃子栽种。宁海桃子品种以奉化玉露桃为主,果形美观、汁多味甜、香气浓郁、皮薄易剥、入口即化。现在全县桃子种植面积达1.5万亩。2006年胡陈蜜桃通过国家绿色食品认证,获"中华名果"称号。岔路镇则利用良好的山区资源优势,发展了千亩锦绣黄桃。

正值江南酷暑溽热的日子,长街洋湖村嫩滑透亮、吹弹欲破的翠冠梨闪亮登场了!宁海历史上以种沙梨品种为主,1990年后引进黄花梨,1995年开始在洋湖村等地引进翠冠梨,2007年洋湖村翠冠梨栽种面积达到1000余亩,被中国果品流通协会确定为全国优质翠冠梨"中华名果基地"。目前全县投产面积稳定在8000亩左右。翠冠梨松脆多汁、甜蜜爽口,炎炎夏日放入冰箱冰镇一下,口感更好。

出自双峰的"深山闺秀"香榧是一个传承千年的传奇。榧树是我国特有的第三纪孑遗植物之一,起源于侏罗纪,距今约1.7亿年,被称为"活化石""活标本"。香榧是榧树经人工嫁接栽培出的珍稀干果,民间又称之为"吉祥果""幸福果",文化底蕴深厚,一年种榧千年香,生态经济价值极高。据2019年版《宁海县志》记载,双峰香榧种植历史悠久,产区主要分布在榧坑、逐步、中央山、里坑、里塘等村。榧坑村于明洪武元年(1368)建村前就有榧树。为了扶持香榧产业发展,县里专门成立了领导小组,并聘请香榧研究所专家为技术顾问,建立苗圃园,繁育苗木,嫁接榧树,使双峰香榧产业得到了长足发展。至目前,双峰香榧基地面积达到2万余亩,是宁波市唯一的香榧产业基地。产品连续5年获义乌森博会金奖,2017年"双峰"香榧获国家生态原产地产品保护认证。每到香榧炒制时节,大山深处的几片山峦都流荡着浓浓的榧香。

在宁海,果品们总是你方唱罢我登场,不歇气地铆着劲儿抢鲜,这不,一茬接一茬赶趟儿而来的还有葡萄、柿子、李子、梅、猕猴桃、金柑、杏、果用瓜、蓝莓、樱桃、桑葚等等。有的一种果品又是一个品系、一个大家族,比如果用瓜,以西瓜为主,兼有脆瓜、黄金瓜、白香瓜、甜瓜、网纹瓜等。西瓜的品种达十几个,为其中最多,"泉丰"牌西瓜还获得过2019年浙江精品西瓜评选金奖。

看到过一则网友的推文:"很久以前我看过这么一句话:'不管多贵的水果,一年只有一次应季。也就是说,在你活着的时候,只有

60次左右的机会能吃到最香甜的它。'自那以后,我就经常买水果。其他的食物也是,季节到了抓紧吃!"我想,这应该也是不负季节、拥抱生活的一种人生态度吧。

据有关资料统计,2020年全县水果种植面积14万余亩,产量12.3万多吨。丰富的地产果品,不但为居民提供了优质、多样化的味蕾享受,也为农业"双增"以及县域内相对贫困地区消除贫困、走上富裕作出了巨大贡献。

三

应可军有一篇《宁海白枇杷的故事》,记录了一则口口相传的民间故事:

唐天宝年间,一批宁海民工运送龙凤石壁到长安。至大明宫外,一位叶姓民工拿出一瓶枇杷膏正往嘴里送,宫里突然冲出几位太监,厉声喝道:"大胆刁民,敢偷贡品!"偷盗贡品,不啻死罪,当时亲自押送的宁海县令闻声吓得面如土色。太监当即拿出一碗娘娘吃的荔枝膏作比对,县令这才恍然意识到这是一场误会。叶姓民工战战兢兢作答:"我吃的是宁海带来的枇杷膏。这种枇杷只有宁海曹家一株,肉质像荔枝,所以也叫白荔枝枇杷。曹家人视之为至宝,每年采收枇杷后都要煎一些枇杷膏。枇杷膏润肺解毒,对伤风咳嗽有很好的缓解和防治效果。一路来,我怕感受风寒,每天吃一点,只为预防。"太监中有一位略晓医术,问:"枇杷膏真的可以清火败毒?"民工答是。太监对其他几位道:"娘娘近来感染热毒和虚火,可着太医用枇杷膏解之。"遂命快骑日夜兼程至宁海取新鲜白枇杷回官,又得文火慢熬煎成膏状,娘娘服之,果然去毒消火,不日痊愈。

枇杷素有"黄金果"之美誉。据明崇祯《宁海县志》载,宁海在

370年前已有枇杷种植。规模化的种植则始于20世纪80年代中期,在古渡、前童、岔路等地先有栽种,品种有大红袍、软条白沙、夹脚、洛阳青等,面积近2000亩,年产量200余吨。

1990年前后,一市镇利用良好山地资源发展枇杷产业。1994年一个偶然的机会,一市村枇杷园发现一株白沙枇杷性状表现突出:一是果形大,平均单果重52.5克;二是糖度高,可溶性固形物含量达15%以上,酸甜适口,香气浓郁,皮薄且易剥离,可食率高达74%以上;三是种子少且小,树势中庸,分枝力和抗逆性强,丰产等。品质综合指标居国内领先水平。

此后几年,在县林特科技人员和种植户的共同努力下,该单株得到迅速繁育和扩展,2000年起逐步推广。

2001年,宁海白枇杷获省农博会优质农产品奖。

2003年,获省农博会银奖。同年,经专家鉴定为优质白沙枇杷新品种,定名为"宁海白"枇杷。

2004年,通过国家林木良种认定,为宁波市首个具有自主知识产权的国家级果树推广良种。

2005年,"宁海白"枇杷主要成果获宁波市科技进步二等奖。同年,"宁海白"枇杷相继被认定为"国家无公害农产品"、"浙江省森林食品基地及产品"、有机枇杷。

2006年,国家工商局批准"宁海白"枇杷注册商标。

2007年,获宁波市十大名果和"中华名果"称号。

2008年,作为主要成果之一,获浙江省科学技术奖二等奖。同年,通过国家林业局品种审定委员会审定。

2019年,农业农村部批准对"宁海白"枇杷实施国家农产品地理标志登记保护。

这是一份何其耀眼的成绩单!"宁海白"枇杷已成为展示宁海农产品的一张靓丽名片。

截至目前,全县白枇杷栽种面积1.3万亩,年产量2600吨,并已推广至全国12个省、市,成为中国白沙枇杷主栽品种之一。

"五月江南碧苍苍,蚕老枇杷黄。"每年5月,一市镇一年一度的枇杷节开幕了。人们从四面八方赶来,停车场满了,就将车子停在公路边。人们蜂拥上山,急吼吼地撕开枇杷树上的套袋,小心翼翼剥去枇杷薄皮,迫不及待地将晶莹瓷白的果瓤塞进嘴里。一声声"甜""好吃"在枇杷园里此起彼伏。吃够了,再买一些带回去,200元一盒五斤装,不贵!有的客人把车子后备厢塞得满满的,乘兴而来,满载而归。

记得有一年5月,我给在外地工作的同学寄去几盒白枇杷,他收到后回微信致谢。

我问,好吃吧?

他回,好吃,甜!

我说,这是家乡的味道啊。

沉默了好一会儿,他才发回一串十几个一模一样的表情包——脸庞上两行热泪滚滚而下。

(2021.4)

瓦上的气息

我站在屋檐下。

江南梅雨季雨水间歇时的阳光，依然有着春天般的明丽。阳光在古镇一大片灰黑的瓦浪上流淌，不住地从檐头流泻下来，泼洒在我的身上，把我从头一直"淋"到脚。

我从浑身的阳光中一下就闻到了瓦的气息。

瓦的气息温软香暖。因为瓦就是覆盖在人们温软香暖的日常生活上的，日复一日，经年如斯。

很久以前，那时我们家住的是公房，屋顶漏雨，县房管所会派师傅来检修，宁海地方土话管这叫"捉漏"。一个"捉漏"师傅曾经告诉我，年代短的瓦片瓦腹和瓦背的气息是不一样的，只有久远的旧瓦，其气息才会浑然一体、浓厚、丰富、绵长。从那以后，若遇散落的瓦片，我会捡起一块，送到鼻子底下闻一闻。

刚刚铺上屋顶的新瓦，还带着砖窑中焦炭和高温烧烤的燥热气息，浅烟黑的瓦色，像未经世事的少年的一脸稚气。四季交替，在一轮又一轮的曝晒、寒冻和栉风沐雨后，瓦们不再"青葱"，仿佛沉淀了岁月和经历，渐渐黝黑厚重。这个时候，在瓦背清新的气息里，有阳光和月光的味道，有冰雪消融、雨水流淌而过的湿润，有日夜兼程浩荡长风中的自然清气，也有生在瓦当瓦脊上的斑驳青苔、流苏瓦松那样一些绿植的青翠韵味……

而瓦腹温软香暖的气息却仍很薄很淡,似有若无。当然,这只是暂时的。

那温软香暖中,最浓郁的气息自然是来自一日三餐的烟火气。第一蓬烟是湿的青柴生出的,那烟浓白似乳,呛鼻。而后,灶膛里的柴火"噼噼啪啪"地燃烧得旺起来,烟淡了,火的焦灼感从灶口"呼呼"窜出来,直逼脸面。一会儿工夫,锅水沸腾,米香随着锅沿"突突"喷溅而出的泡沫一嘟噜一嘟噜地从锅盖下钻出来,弥漫在空气里。少顷,煮熟的米饭的脂香渐渐显露,愈来愈浓。还有,那些蒸在饭蒸上的咸菜咸鱼、土豆番薯等等的气味也洋溢开来,把人肚子里的馋虫勾引得蠢蠢欲动。等到喷溅的泡沫没了,饭气里有了一丝丝焦香,就得赶紧扑灭柴火,这时,满屋子不外是焦炭刺鼻的气味。

没有风的时候,一片馨香饱满的炊烟飘浮在青枝绿叶掩映的鱼鳞瓦片上,淡淡浓浓的,远远地看,似一幅"白云生处有人家"的水粉画。

"抢收抢种"的农忙时节,女主人为了慰劳耕作辛苦的男人们,会将从烧饭灶膛撤出来的柴火随即塞入旁边的小灶,专门做几个下酒的、闲时舍不得吃的好菜,比如炒白蟹、小葱烤鲫鱼、红烧蹄髈、生炒鸡块等等。于是,终日寡淡清汤的屋子里难得地有了油腻。那些热烈翻滚的油腻的气浪趁机沾上屋顶的瓦片,久久不散。难怪过了农忙很长一段时间,进门的男人还抽着鼻子问,今天什么日子,又烧蹄髈啊?女人回道,哪有啊?男人东瞧瞧西瞅瞅,嘿嘿地笑,我怎么又闻到烧蹄髈的味了呢!

农历十二月二十日前后,家家户户该准备过年的食物了。"重头戏"是捣年糕。以前都是手工捣年糕,传统工艺至少有十道工序,选、浸、洗、磨、榨、刨、搦、蒸、搡……所以算是一件大事。粳米洗净上磨,磨成米粉。这是各家需提前做好的准备。村子里的族亲,或者走得较近的庄户,合计确定一个日子开始,今天这家,明天那家,一户一户轮着捣。米粉上锅蒸,蒸熟倒入捣臼,几家男人交替着甩开膀子"嘭嘭"地捣,三九寒天里挥汗如雨。女眷们嘻嘻哈哈地候在案板旁,捣稠的粉团一上来,揉面的,搓条的,用印版压制的,忙得不亦乐乎。蒸汽、热气和米粉甜甜的清香在屋子里和院子里飞扬,把第一波浓浓的年味撒进了原本平淡的日子。接下来,男人们就做起了"甩手掌柜",把灶上的所有主持都"赐"给了女人们。

一是打糖。用番薯煎糖淋,当煎成的糖淋黏稠得可以像布片一样挂在锅铲上时,加入备用的爆米花,搅匀,出锅,在糖淋冷却凝固前快速压实,压扁,做条,最后切成糕点状。每家一般会打两三种糖,在糖淋中加入去衣的熟花生米,就是花生糖;加入芝麻,就是芝麻糖了。二是炒货。炒花生,炒平时一次次积攒起来的西瓜子和南瓜子,炒晒成铁弹一般生硬的、会在炒锅中"噼里啪啦"爆放豆香的蚕豆。三是包粽子。先将粳米入水浸泡两三个小时,沥干,除了少量包一些纯米的,加两颗红枣的,便是红枣粽;加一小块咸精肉的,就是咸肉粽;搅拌了红豆的,就是红豆粽;掺了番薯干丝的,就是番薯粽。还有的会在两三只粽子里各放入一枚洗净的硬币,谁吃到了,谁就会在新的一年里好运连连。庄户人家总是喜欢锦上添花。基本的这些准备都是差不多的,不同的是各家会按照自家的嗜好和口味,各自再备一些特色的菜肴,二蛋家的大锅里炖了只羊,棒槌家煮的是猪头猪蹄,小丫家喜欢海鲜,烧的是几条五六斤重的大黄鱼(那时大黄鱼可便宜了),狗剩钓了不少河鲫鱼和小香鱼,他娘又是煎又是炸的……家家户户两三只大锅一起开火,那浓郁的香气,一团一团地往屋外冒,把整个村子包裹得严严实实的。

到了大年三十,有的人家还会捣一臼又糯又甜的糯米麻糍,麻糍上面撒上一层黄茸茸、香喷喷的松花粉,谁看着,都想要咬一口。

"守岁阿戎家,椒盘已颂花。"除夕夜,村子里弥漫着各式各样的香味、醺人的烈酒气、爆竹炸响的火药味以及人们的开怀喜气,空气仿佛都被挤得稀薄了。

就这样,这温软香暖的气息,一年又一年地添加着,晕染着,在时光的鼓励下不断地渗透着,直至穿透背负云天的瓦背。

没有一块数十年、上百年的旧瓦会有两面气息的。那些凝结于其中的气息,有如精神,不可剥离和摧残。

有一次,闻着一块旧瓦,我突然觉得,那上面储存的气息,与日夜在瓦屋里操持的娘的拦腰布上、衣衫上的气味,没有什么不一样!

老屋如娘。

(2020.6)

邬家道地

一

　　从横跨颜公河的桃源桥头沿中大街西行一千余米，一进入窄窄的西大街，即可见一棵硕大的百年银杏树。

　　旧时，县城里的人总是以某区域中的某一标志物来命名这一个片区。譬如，蔡家巷南巷口的水井旁原有一块纯白的太湖石，重200多斤，形似母猪，所以人们习惯将那一带统称为"白石头"。县越剧团东北面那一块办过一个养兔场，后来不养兔了，盖了一片白墙黑瓦的公房，但"毛兔场"的叫法仍然沿用下来。西大街银杏树下这一带也有一个十分贴切、让人一听就明白的叫法——"杏树脚"。

　　细细的西大街像一支丘比特的箭，从杏树脚穿过。这西大街与中大街对接相连，但在对接处突然收缩，变得相当狭小，且清一色的石子路面，不似中大街是青石板和鹅卵石相嵌铺就，有一两处还是水泥浇的。西大街的尾端，便是城西小学和城西中学。一年级第一学期我是在城南小学读的，到了第二学期，不知为什么母亲把我转到了城西小学，但也只读了一学期，因为家搬到了城东的假山公房，便转学去了城东小学。这些都是后话。学校隔壁是宁海印刷厂，再走，是西门路廊，应该算出城了。西大街南侧的街沿，有平地，也有有些陡的下坡，平地上一般都建有房子，因此形成了齿锯形的建设格局。北侧街面倒是齐整，一式坐北朝南的矮屋，差不多都是老式一屋一店的商铺结构，屋门边石板窗台宽阔，可以摆放要卖的物品。那时尽管大多屋面门户紧闭，只住人不开店，但开着的几家，有卖小件竹木制品的，有卖杯盘碗筷的，有卖一圈一圈盘成花卷状的木屑蚊香的，还有卖红枣、核桃等干货和在一排广口瓶中，让我们杏树脚一群小孩子垂涎欲滴的盐津豆、咸橄榄和弹子糖、粽子糖、棒头糖等各色小糖的。

屋门边宽阔的石板窗台也是我们的看台。那时候，我指的是20世纪60年代中期的那几年，我五六岁，生活中最重要的事情莫过于隔三岔五看大游行了。游行队伍总是在我们的脖子仰得发酸时才隆隆开来。走在最前面的是仪仗队的指挥，指挥气宇轩昂，含在唇间的哨子"哗哗哗"响亮，银光闪闪的指挥棒高过他昂扬的头顶，身后仪仗队的鼓乐在指挥棒的每一次上下律动中抑扬顿挫，喧天震响；成群的旗手，擎着猎猎飞扬的红旗，把天空都映得红彤彤的。有一次，我在游行队伍中看到了父亲……我和一些小孩爬上石板窗台，越过街边人群错落的肩和头，看游行队伍豪迈、隆重而庄严地穿过大街，穿过我幼小的心灵。

一次，我正看得入神，前面一小孩本来是蹲着的，大概蹲久了腿麻，冷不丁站起来时屁股朝后拱了一下，我站在最里面的台沿跐着脚，毫无防备，当即像一只小冬瓜一样从窗台上滚落下来。半人高的窗台，小冬瓜滚落下来肯定得摔成八片十瓣粉身碎骨，我没碎，却痛得号啕大哭。我哭得天昏地暗，伤心欲绝，哭得游行队伍渐然远去，不料，在缺失了鼓乐伴奏的单调哭声里，我听得有人在旁哧哧地笑。透过迷蒙泪水，我发现幸灾乐祸的是住同一道地的毛头。

毛头长得"杀葛伦敦"[1]，总是在杏树脚的孩子群里耀武扬威，冲

---

[1] 宁海方言，壮实的意思。

突生事。邬家道地有3个年龄相仿的小孩,我、毛头,还有小丫头墨儿。很多时候,我和墨儿在一块玩,毛头偷偷摸过来,装神弄鬼地大喝一声,吓得我们心惊肉跳;或者两只小拳头上下翻腾舞得人眼花缭乱,最后趁我不备跳将起来踢一脚就跑;或者不知从哪搞些乱七八糟的垃圾和干鸡粪往墨儿的头上放,害得墨儿哭着去找妈妈……

当然我们敢怒不敢言。我从心底里怕他。

二

邬家道地在古银杏树正后方三四十米的地方。邬家道地大约是杏树脚最大最好的宅院了。

和谢家道地、柴家道地、龚家道地、蔡家道地等几家道地一样,邬家道地原本也是大户人家的宅院,至于后来怎么"曲尽人去",成为县城里为数不多的"公房"的,我就不得而知了。

邬家道地是一个江南地区典型的四合院,前后两进,如果在空中俯瞰,是一个"日"字,只是里面的那一横画得过于高了点,像孩子的涂鸦,不太规范。前进东西北三厢是主房楼房,北厢楼下两边是房间,中堂两侧有两个小门通往后进。东北、西北两角,有两部公共楼梯,可以上二楼。前进及二楼想必是主人一家的起居之所。后进一排披间矮屋,自然是下人的住处和储物间之类了。屋檐下的通道、过道和方正的大道地都是大块的石板铺设的。

南面是围墙,雨水走过,青苔长过,墙面脏兮兮的。墙正中是大门。由于年久失修,原来应该有模有样的门头建筑处处剥落、断碎、塌陷。

出大门左转是一条"L"形的小巷,步行三四分钟即可到达西大街的杏树脚下。右转,则是一只只蓄粪缸。缸很大,都是清一色的"七石缸",有十多只,分成两排埋在地里,缸口与地面齐平。缸阵上头用竹子和草帘搭了个棚,用来挡雨遮阳。住在邬家道地和附近的居民户,每户一缸。这是一个令我最为恐惧的地方。以前,家里起夜都用痰盂,第二天早上倒在自家的蓄粪缸里。保姆阿婆没来的时候,每天早上由我去那儿倒。夏天,一走近草棚,成群的红头苍蝇"嗡嗡嗡"地蜂拥撞击在我的脸上、身上,投下无数令人作呕的细菌。最可怕的是刚下过雨,两排蓄粪缸之间的通道只有两脚宽,又是泥地,滑溜溜的,我家的蓄粪缸在最里面,我端着痰盂,一步一步挪动,生怕脚下一滑跌进粪缸里。

到了施肥、追肥的时节,杏树脚这边的生产队会将粪便起出、挑走。当然,哪家起了半担,哪家起了一担,生产队都记在一个本子上,一清二楚。等收了庄稼,某一个中午或黄昏,邬家道地的住户们都下班在家的辰光,生产队的会计和出纳就走进道地,在楼下一家借了张桌子,把算盘、账本和钞票一一放在桌上,其中一人就张嘴喊:"发尿钿,发尿钿啦——"住户们就放下正在淘的米、择的菜,或者指派老人或刚放学踏进家门的孩子,纷纷聚集了过去。

会计将算盘打得噼里啪啦响,然后唱道:"应某某,5角3分。"出纳便数钱,交给户主。

又一阵算盘响过:"蒋某某,4角9分。"人群中没有响动,无人上前。会计抬头看了看,提高了嗓门:"蒋某某——蒋某某——"

"哎,刚起油锅,来了,来了……"蒋某某家的风一般跑过来,接了钱,又风一般跑了回去。

别小看这几角几分钱,在那时算是一份不可或缺的收入呢。每当这个日子,邬家道地的住户们会添个荤菜,喝口酒,家家户户饭桌上闲聊的一定也都是开开心心的话题,不时会有嘻嘻的笑声从这屋或那屋传出来,空气里荡漾着欢喜和温馨。

闲常日子,有时候我恶作剧,故意呼喊"发尿钿,发尿钿啦——"但任凭我怎么起劲地吆喝,就是没有一个人从家里奔出来。

三

虽然住在邬家道地的时间不是太长,但童蒙初开的点点滴滴,真切,清晰,不能忘却。

当年,父亲在一市粮管所当征收员,母亲是梅林大凤山小学的老师,教俄语。县粮食局得知父亲读过几年书,既会打算盘,又能写文章,就把父亲调到局里当财会股长,母亲跟着被调到了县物资局。县粮食局就把我们一家安置在邬家道地。分配给我们家的厨房在后进东首角落;紧邻厨房东侧的一幢楼房,楼下屋檐披出的一块地方放了一张木板小方餐桌、三条长板凳,是为餐厅;屋里是阿婆的卧室。二楼是要从公共楼梯上的,里外两间,里间是长条形的,很窄,放些杂物;外间方正一些,也稍微大一些,铺了两张床,父母和我各一张,后来寄养在乡下的弟弟、妹妹回城了,就在里间加了一张床。小的时候,我喜欢枕着母亲的手臂睡,感到踏实、安心和温暖。弟弟、妹妹回城后,我就和弟弟拼一条被子,一到冬天,母亲怕我们翻身蹬掉被子,就用细绳把我们捆起来,到第二天早上才给解开,那种手脚被捆绑无法动弹的滋味到现在仍然记忆犹新。

我写这篇文章之前,曾向82岁高龄的母亲了解邬家道地住户的情况,可惜她也只是略知一二。

邬家道地有十来户住户,有在县粮食局工作的,有在杏树脚西大街路边的电器厂工作的;有一对夫妻,都是宁波人,在银行上班;还有一户,道地里都叫女主人亚菊姐,夫妻俩经营着一家包子店,母亲常常带我去他们店吃早餐,墨儿是他们的女儿;住我们家隔壁的一户,男的在柴场工作,那时没有煤饼煤气、天然气什么的,都烧柴。其他的就一概不知了。

回忆里,邬家道地住户们之间甚是客客气气,关系相当平和、融洽。譬如谁家灶膛起火,清水落锅,发现米甏空了,急吼吼冲进道地里任何一家,无论主人在与不在,掀开米甏淘几勺米救个急,不算啥事。倘若哪家来了乡下的亲戚,那么亲戚带来的小海鲜、瓜豆蒲茄,或者桃、李、橘子、杨梅等水果,或者米糕、青团和粽子等糕点,就会出现在各家的餐桌上。墨儿妈妈也会将当天卖剩下的包子、馒头带回来,这家分一只,那家分两只。我和墨儿成天"厮混"在一起,分得的自然都是香喷喷汪着油的肉包子。后来,阿婆的儿子托人捎来口信,让她回乡下家里带孙子(孙子跌倒了,伤得不轻),阿婆解下拦腰布走的时候,一步三回头,扯起衣角抹了一次又一次眼泪,道地里的男男女女都出来送别。

夏天到了,一过晚餐,孩子们会将小板凳、条凳、竹躺椅,甚至凉席搬到道地里。大人们收拾了碗筷,洗了个凉凉的井水澡,捏把扇子,三三两两地来了,坐的坐,躺的躺,聊些家常的话题。有误了晚餐的,索性把小桌子搬出来,一大家子围成一圈,吃得喷喷香。那时没有空调,在附近野外转悠来转悠去的风穿堂而过,带来沁人心脾的凉爽。我仰躺在竹椅上听大人们聊天,看毛头蹿上蹿下,作飞机状在道地来回飞奔。一轮弯月挂在宝蓝色的天幕上,周边景物都沉浸在月光里,这时候的邬家道地犹如梦境一般。阿婆忙完家务,也在竹椅上躺下来,偎着我,用蒲扇轻轻地拍打我的屁股、小腿,驱赶蚊子和苍蝇……

印象最深刻的是一个夜晚,屋外雷声隆隆,风雨大作。天黑了好久,我已上床准备睡觉,里屋突然传出"哗啦啦"一阵巨响,母亲慌忙奔进去看,发现后墙崩塌了一大截,砖瓦遍地,风携着雨水呼呼地泼进来。邻居们纷纷披衣过来,安慰惊恐万状的母亲,墨儿妈妈还把我抱到了她们家。

邬家道地仿佛是一个大家庭,家里人和睦友好,彼此亲近。

四

我常常独自一人穿着开裆裤在道地里里外外、毫无目的地逡巡。我会悄悄跟着在角落来回忙碌的一队队蚁群追踪蚁穴,也会对着一小撮从道地石子缝钻上来的青青小草和降落在屋脊上跳跃啄食的麻雀傻傻地看上小半天。很多时候,我会站在道地,向南仰望古银杏树。几只小鸟栖息在树上,不停地飞出来、钻进去,忙得不亦乐乎。深冬季节,银杏叶子全都落了,黑乎乎的枝干贴在天幕上,就有了些张牙舞爪的样子。那口挂在枝丫上,火灾报警才会敲响的古铜色大钟,则显得更加突兀沉重。银杏树下,在青苔半覆的灰色瓦当后面,这儿,那儿,长着一种多肉植物。许多年后我才知道,那是瓦松,也叫瓦花、向天草。它们虽然不够惊艳,但与老屋黑黝黝的瓦浪搭配在一起却十分和谐,有一种令人见之倍感神奇的自然韵味和原始灵性。

要不是后来发生的一件事,把懵懂的我倏然卷了进去,我的学前生活会一直如此简单而安宁。

事情发生在一个非常普通的夜晚,刚吃过晚餐,一位叔叔一脸严肃地走到父亲身边,贴着父亲的耳朵嘀咕了几句就走了。父亲听罢,倏地拉长了脸,叫我过去,问我在下午喊过什么话。我除了记得喊过"发尿钿,发尿钿啦——",真的想不起来还喊过其他什么。从父亲的脸色我本能地意识到这并不是一件什么好事,我矢口否认。父亲急了,动手抽打我的脸,一个巴掌一声震响一阵撕裂的疼,我放声大哭。小半个时辰后,父亲叹了一口气,大概他想,毕竟是不谙世事的孩子,也许就是跟着别人喊了几句,或者是别人教唆的。

是不是有人教你喊的?

没有。我没喊过!

你好好想一想,到底有没有?你想出了是谁,爸爸就不打你。

我迟疑了。脸上火辣辣的灼痛和可以不再挨打的诱惑动摇了我的意志。我想到了胖墩墩、经常欺侮我的毛头。我觉得,这是一个好机会,让他也尝尝挨打的滋味。我把父亲带到了毛头的家里,指认这个与我年龄相仿的"教唆犯"。

毛头的父母都是极普通极普通的市民。在我印象中,毛头的母亲是一个高高大大的女人,为人开朗,豁达磊落。她撇下正在洗刷的碗筷,从灶口随手操起一根粗大的木柴,直接朝站在一旁的毛头砍了下去,幸亏毛头机灵,一蹦蹦到屋外,跑到道地门口。

我是永远不会忘记这个场景的:毛头跺着脚,挥舞着紧攥小拳头的双臂,大声疾呼"我没有!我没有!"……

你这个短命的!他母亲一个箭步扑上前去。

毛头大叫一声,从小巷仓皇出逃,叭哒叭哒的脚步声和"我没有!我没有!"的呐喊,一直回荡在小巷里,响彻夜空。这时候,银杏树上大钟的钟摆像是也受了惊吓似的碰着了钟沿,一缕破碎的钟响似有若无,消逝在诡异的夜色里,一轮似圆非圆的月亮悬在漆黑的夜幕上,霜色如华……

一年之后,我们家搬离了邬家道地,但那一串叭哒叭哒的脚步声,那一片惨淡的月色,却深刻而恒久地烙在了我幼小的心坎上,成为我一生的精神背负和无法痊愈的心灵伤痛。

(2022.5)

城隍庙

"一半烟火,一半诗意"的城隍庙商业中心,五一节前夕盛装开业了。

一个傍晚,女儿说,走,带你们去城隍庙赶赶热闹。

天却不作美,下起毛毛细雨。我们抱着3周岁的双胞胎外孙女娉娉、婷婷匆匆而行,钻进一爿以酸菜鱼为招牌菜的美食店,饭后又匆匆冲向地下停车场。这一片街区原来我是很熟悉的,现在已面目全非。我的眼睛扫过古典民居建筑风格的一间间店屋,在斑驳闪亮的灯光中,我似乎看到了拆建时特意保留下来的,于这片低矮建筑群中显得有些鹤立鸡群的老"宁海剧院"的临街门楼,只是门楼被刷新了,刷成了统一的色调。遗憾的是没有看到城隍庙。我知道,它在。这个地方以它冠名,它必须在。

其后的许多天里,"城隍庙"三个字就像三只矫健的燕子,在我的脑海里振翅翻飞,驱之不去。

第一次去城隍庙时我六七岁,是一个夜晚,父母带我们兄妹3个去看电影。那是20世纪60年代末,那时候只有当一部影片排到宁海,片子送达才放映一次,所以那时看电影是一件很稀罕的事。这也是我有生第一次看电影。

记得当时城隍庙朝东的大门口吊了一盏"咝咝咝"发响的汽灯,门前街路上都是人。进门就是放映"大厅",异常高阔的大厅里也吊着几盏汽灯,白亮亮的一片。南面挂着一块白色银幕,银幕下方间隔放了几根一抱粗的圆木,圆木的一头还用砖头垒起来接出去一段,再后面放了一些长板凳,就算是观众席了。开映后,汽灯灭了,闹哄哄的大厅慢慢安静下来。我们坐在前面的圆木上,父母坐在后面的长板凳上。我环顾周围,发现四周空地也站满了人,在影机微微抖动的光色里,虚得像一片影子。写到这里,我查阅了一下《宁海县志》(1993年4月版),"宁海电影院"条目中记载道:"1962年在城隍庙天井用油毛毡搭棚,以35毫米影机放影。"可惜的是,我已忘记那天晚上放映了什么。

十几年弹指一挥间,当我再次走进城隍庙,已是一个二十刚出头的文学青年。

这个时候,新的电影院早已在城隍庙对面建成并投入使用,城隍庙恢复了原有的样子和静谧。据记载,宁海城隍庙始建于唐广德年间,后历经兴废,现存建筑为清嘉庆二十四年(1819)所建。城隍庙东大门常年紧闭,门口有一块碑刻,上书"王锡桐起义遗址"。这里是省级重点文物保护单位。王锡桐(1860—?),又名守真,字凤栖,宁海大里村人。清光绪二十四年(1898)秀才,长期执教乡里。为人豪迈耿直,广交游,好为人排忧解难,爱打抱不平,在民众中威望很高。曾编撰《缑北正气集》,以乡先贤节气自励。彼时,天主教在东南沿海一带传播,八国联军大举入侵我国,王锡桐愤慨发声:"何夷人猖獗若是,吾辈读经何用?"

光绪二十九年(1903)9月,王锡桐为反抗天主教徒依仗帝国主义势力欺压百姓,在大里发动民众,并进一步联络西乡桑洲和南乡海游等地反教会力量共300余人揭竿起义,先杀当地作恶多端的教首,后率众攻打县城。沿途民众云集响应,队伍迅速扩大到近万人。王锡桐坐镇城隍庙指挥,焚毁天主教堂,活捉首恶神甫朱国光并斩首剖腹示众,沉重打击了教会恶势力。

"宁海教案"震惊浙东。这场如火如荼的抗暴斗争,也成为我国近代风起云涌的农民斗争的重要篇章之一。

1984年,人民文学出版社出版了著名作家巴人的遗作《莽秀才造反记》,生动再现了这一场"反教平洋"的革命义举。每次从碑刻旁经过,我仿佛置身书中的场景:大门洞开,衣衫褴褛的男女从我的身边奔进去、跑出来,他们手中闪着寒光的长缨或大刀上的红布带在风中飘扬,院子里,吆喝和怒斥、器物碰撞声、伤员的哭嚎等等嘈杂成一片……

因为县文联在这里办公,所以那个时候城隍庙是我心中的圣地。当时我在县茶厂工作。我做过车间统计、厂部文书和仓库统计等,都是有一定自由度的岗位,况且茶叶生产又是季节性的,一般到11月,迟一点到12月,所有的茶叶都加工完了,除了机修车间还要对大联装流水线和所有单机进行维修保养,其他部门形同放假,因此我基本上三天两头会有事没事走着走着走到城隍庙。从门前碑刻旁经过右转,南面围墙开有一扇供日常进出的小门。和大门相反,小门永远虚掩或者敞开着。进门是天井,就是以前油毛毡搭起用来放映电影的"大厅"。城隍庙的主体建筑有台门、五凤楼、戏台、大殿、后宫及厢房等,依次抬升,占地面积1600余平方米,为浙东保存得最完好的县级城隍庙。天井的西面是一间大开间的房屋,那是王琛的"领地"。如今颇负盛名的画家王琛那时"小荷才露尖尖角",在这里开了一家广告公司,又兼作画室。很多时候,屋前的石板道地上都摊着长长的条幅,有直式的,也有横式的,有祝贺会议召开、公司开业的,也有一些"发展就是硬道理"这样的标语。有时文联"铁将军管门",等待时我会顺着条幅连续走"S"形一条一条地读,消磨时间。

文联在二楼,就一间几平方米的办公室,很小。文联单位也小,就杨东标主席和应文军老师两个人。旁边的三四个办公室是文物办的,偶尔探头张望,一定可以看到王艾村、滕延振等老师沉肩端坐读报看书的认真样子。我偶尔也会去其他地方转转,那时戏台、大殿及其周边角落堆放了不少缺胳膊少腿的旧家具和杂物,四周静阒无声,有时还给人一丝森森然的感觉。站在戏台下,仰头是"鸡笼顶"状的藻井,无数小斗拱盘织交错,精巧得令人惊叹。古老的构筑,暗厚的包浆,仿佛在诉说几百年历史的恢弘和绵延。恍惚间,便觉悠悠扬扬的丝竹声顷刻间铮铮响起,一对才子佳人挑帘翩然而出,水袖翻转,唱腔袅袅,一出出波诡云谲、哀婉缠绵、忠孝节义的人间故事在这里相继粉墨登场,那万千声色绕梁而上,漫过天井,越过飞檐,悄然远去……

那是一些多么纯粹、美好而充满激情的日子。很多时候,我终日跟着东标老师学习和创作,我不会忘记老师那时的谆谆教导,即使到现在,我仍牢牢记得老师说过的一些话:"作家要用作品说话""要有分寸感""美文不是华丽辞藻的堆砌""好文章都是改出来的"等等。在东标老师的指导下,我和雪野、阿门、剑飞、黄珂、肖成华等文学爱好者抱团结社,成立了"宁海县柔石文学社",由我任社长,1986年1月28日《宁波日报》还专门刊发了此消息。我还积极参与县文联举办的笔会、座谈会、改稿会等活动的组织筹备工作。《早春》创刊前的一阵子,我们在文联办公室拆阅来稿、筛选、编辑,常常是不知不觉夕阳西下。我还欣然承担了一些写作任务。比如1988年,市文联计划编撰宁波开发建设报告文学集,分配给我的采写对象是宁海棉纺织厂供销科科长汪惠君。那段时间,我多次深入厂区采访,了解了许多生动的细节。当时他的家在厂职工宿舍楼,记得是一个月色清朗的夜晚,在他家小客厅里,我们促膝长谈,后来我撰写的报告文学《生命的轨迹》被收入《创业者之歌》一书。

写到此,我突然萌生了一股冲动,要不是夜已深沉,我真想即刻走进城隍庙,再度去细细触摸其历史深处的人文印迹,感受自己那段怀揣梦想、振翅学飞的青春年月。

(2023.5)

第九章 Chapter9

体悟人生

不 遇

其实并非没得选,有,二选一,但我终究没听劝,选了内蒙古这条线。

内蒙古大草原,一个令人心驰神往的地方。"天苍苍,野茫茫,风吹草低见牛羊""离离原上草,一岁一枯荣。野火烧不尽,春风吹又生"……如诗似画。那奔腾的骏马、翱翔的雄鹰,月色里的毡房、弦动声振的马头琴、飘香的羊奶酒,还有套马杆、勒勒车、格桑花……无不充满了热切召唤,让人不能拒绝。

那时已是九月中下旬,劝者说,这个时候去草原,不是最好的季节。

果然不是最好的季节。素有"一步踏三草,草草皆是药"美誉的贡格尔草原上,竟无寸草!这时的大草原像一张宏大的光溜溜的皮囊,覆盖着整个大地,没有草的翻卷、花的摇曳以及往昔因之而生的万千风情。风和日丽,天地因此高远旷达,而我,此刻失去了花草的簇拥更显得孤零无依。

导游是一个瘦小的内蒙古小伙子。他看我默然的样子,摊了摊手,说你们来迟了。他举起导游旗划拉了一下,你看,草都捆在那边。

每年白露过后,牧民们会在冬天来临之前,把牧草收割囤积起来,为马羊过冬做好准备。此时,一只只方方正正的草包还没来得及运走,如果我们可以像雄鹰那样从空中俯瞰,那么穹庐下,草原一定犹如一个硕大的围棋盘,蒙古包是白子,草包是黑子。

第二天，我们从经棚出发，前往乌兰布统。一望无际的原野上，303国道细得像一条白线，没有转弯，只有起伏，一直深入到天地相衔的远方。导游介绍乌兰布统的风物和历史时说，康熙大帝曾在此大战噶尔丹。

前进的大巴像一条拉链，渐渐拉开草原的纵深，但无法拉开草原过去几千年浩瀚纷杂的峥嵘岁月。

是的，我们来迟了，迟了320多年！康熙二十九年（1690）夏天，噶尔丹受沙俄蛊惑，率10万精兵大举东进，在乌兰布统扎下营盘，兵锋直指长城。一时，塞外鼓角相闻，旌旗猎猎，狼烟弥漫。康熙皇帝集文武官员，下诏亲征。银白色的盔铠、蓝色的战袍像几路汹涌的长流，日夜奔腾，涌进沙原，也在乌兰布统摆下阵仗。据记载，其中一战，噶尔丹布下几万峰骆驼组成的骆驼阵，清军大炮万炮齐发，惊散了骆驼阵，噶尔丹大败，落荒而逃。

我们去看了乌兰布统古战场、点将台和将军泡子。它们默然缄口，平静泰然，仿佛已忘却了一切，或者压根儿就像什么都没有发生过似的，那些充满血腥的博弈和厮杀，那些左右了历史进程和走向的恩恩怨怨，那些可歌可泣的人间故事……

有人说，岁月在远去的时候，便已遗失。真是。

一段行程即将结束，导游临别致谢，为了感谢大家对他工作的支持和包容，他唱了几首歌。他唱《我要醉在草原上》，又唱《父亲的草原母亲的河》，他自然没有云飞唱得好，但那一腔深情和无尽眷恋，浓酽得如一碗醇醇的奶酒，醉人！

回来后，劝者问，你遇见草原了？我笑了笑。

遇，不可求；不遇，亦不可求。人，生于一隅，活于一时，遥不相及的所有存在都不曾缺失，应有尽有，如繁花遍地，只是不遇。

"相寻不遇亦无妨。"不遇，不必遗憾。

（2020.4）

低碳生活

妻子网购了两只篮子。篮子的材质是藤条,编织得相当精致。我问,做什么用?

她微笑说,买菜,低碳生活嘛。

我伸出大拇指点了个赞。是的,告别塑料袋,低碳生活就该从一点一滴的小事和生活习惯做起。有报道说,一只塑料袋虽只要5毛钱,但它造成的污染可能是5毛钱的50倍,甚至更多。

前些日子,我正好看到一则新闻,法国国家科学研究中心的研究团队对比利牛斯山南比戈尔峰天文台海拔2877米的空气进行取样,从2017年6月到10月,每周检测1万立方米的空气,结果发现所有样本都含有塑料微粒,无一例外!研究者说:这些塑料微粒"一旦到达对流层,就像走上超快高速路",可以行走天下。在巴西,生物学家们在当地海洋野生动物体内发现了惊人数量的微塑料。较早的其他相关研究显示,从珠穆朗玛峰到马里亚纳海沟,塑料微粒无处不在。这些长度不到5毫米的塑料微粒,可以被吸入人体,从而构成健康风险。

有些时候,方便是有代价的。这样的结论绝不是危言耸听。

低碳生活,就是指生活作息时所耗用的能量要尽力减少,从而减少二氧化碳的排放,减缓气候变暖、生态恶化。

其实,在我们的日常生活中,低碳的生活方式无所不可。

比如，冰箱内存放物品的量以占容积的80%为宜，放得过多或过少，都费电。不看电视的时候，不妨同时关闭电源，电视机在待机状态下的耗电量一般为其开机时的10%左右，积少成多，这笔账算起来还真不少。定期清洗空调，也不仅仅是为了健康。可以理直气壮地说，衣服攒够一桶再洗不是因为懒，而是节约水电。洗衣粉出泡多少与洗净能力之间没有必然联系，且低泡洗衣粉可以比高泡洗衣粉少漂洗几次，省水省电又省时。

不知道你是否有这样的感觉，只有将水龙头开到最大才能把蔬菜盘碗冲洗得更加干净，其实那不过是一种心理作用。把坐便器水箱里的浮球调低2厘米，你一定想不到，一年竟能省下4立方米的水。家里的浴室未必非得安装浴缸；如果安了，未必逢洗必用；如果用了，那么未必用完即刻把水放掉，可以用来冲刷马桶，假如只有少许浴液，还可以浇灌阳台上的花花草草。

做好垃圾分类。光盘。光瓶。少用纸巾，重拾充满柔情的小手帕。非必要的话，尽量买本地和当季的产品，运输和包装常常比生产更耗能……

我的住所离工作单位只有不到3个公交车站的车程，天气晴好的时候，我喜欢步行上下班。一来是锻炼。穿行在风貌迥异的大厦间，沿路看新城在朝晖和晚霞中幻变，心情愉悦。二来也是低碳。一辆家庭小轿车每行驶100千米，其碳排放量可以达到约0.03吨，而森林每生长1立方米木材，只能吸收1.83吨二氧化碳。排放多么容易，固碳消碳何其之难。当然，车是为人服务的，该开的时候还是得开。如果恰遇上下班高峰，堵车的队伍太长，那么大可先熄了火，安心等待。同时，记得后备厢里少装不必要的东西，那也是重量，载重耗油。

走进办公室，倘若是炎炎夏日，不妨将空调设定在26摄氏度，关闭门窗。午间休息，如果只用电脑听音乐，显示器可以调暗，或者干脆关掉。每张纸都双面打印，这就相当于留下了半片原本将被砍伐掉的森林。招待客人的茶杯不要选择一次性纸杯，更不要两只纸杯叠在一起使用。上下楼若只有三四层，不乘电梯改爬楼梯，既节能又有益身体。下班时耽搁3分钟，随手关灯、关机、拔插头……

烟花三月，春回大地，正是植树造林的大好季节，不妨去做一个志愿者，积极参加全民义务植树活动。森林是陆地生态系统中最大的储碳库。一块10平方米的森林就能将一个人呼出的二氧化碳全部吸收。森林也是天然的氧气制造厂，全球森林每年为空气提供60%的洁净氧气。森林是最经济、环保的减排器，植树造林是应对气候变化的一个有效选择。植绿、护绿、爱绿是每个人都应奉行的一种生态理念和准则。积极参加植树活动和网上公益植树活动，或者认领认养林业、园林部门推出的树木和城市绿地，都是履行责任的一种形式。

低碳的生活方式是健康、生态、有品质的生活方式。

践行低碳生活的人，一定是一个具有良好生活习惯的人，一个有情怀、有担当的人。

（2021.12）

读词典

　　读小学四年级的外孙女小月亮一上车就嚷嚷:"词语接龙,词语接龙。"接着点将,"外公,你先来。"我驾驶着车子,一眼掠过阳光明媚的街面,正好看到一家超市,便脱口而出:"超市。"她迫不及待地催促外婆:"外婆,该你了。"外婆接:"市场。"她接:"场地。"我:"地方。"外婆:"方法。"她:"法庭。""庭院""院子""子孙""孙子""子孙""孙子""子孙"……于是她在后座忍不住"嘎嘎嘎"笑作一团,连声道:"重来,重来。"

　　这让我想起以前读字典词典的一些事情来。

　　也是读小学三四年级的时候,有一次语文老师在课堂上说,写好作文的关键是认识更多的字,掌握更多的词汇。他告诉我们,有一个值得一试的好办法,就是读字典,每天读两页,读得滚瓜烂熟,然后把这两页撕掉,只需一年,一本字典撕光了,知识就全装在你脑子里了。背水之战,必有斩获,老师右臂一挥,双眼炯炯有光。

　　可是那时,我们都是不到 10 岁的孩子,贪玩,原本就不自觉,哪里做得到"悬梁刺股""凿壁偷光"的程度。况且《新华字典》是一本十分重要的工具书,一页一页撕掉,倘若父母知道了,才不管你是不是已全部装进脑袋瓜里,一准会照着我们稚嫩的屁股开打出气。你知道的,老师的话,我们也是"选择性"地听,有一些话左耳朵进来,从右耳朵就飞了出去。

有一年我回乡下老家度暑假。村里有一个与我年龄相仿的远房表兄弟,在区小读书,一次一块儿玩耍,我张嘴蹦出个成语"杉杉有礼",不料他迟疑了片刻,怯怯地说,这个不念"杉",念"彬","彬彬有礼"。当时,我只觉得后背像暴晒在窗外正午的骄阳下,一片焦辣辣地起烫,整个人仿佛瞬间矮下去一大截。

我这才深切领会到语文老师让我们熟读字典的良苦用心。那以后,我开始读起字典词典,也由此认识了不少生字、僻字和易被误读误解的字、词,而且越读越有滋味,欲罢不能。有时候同学们看到我读得兴趣盎然的样子,抢了去看是什么书,却发现是一本字典或词典,不禁一脸的疑惑和惊讶。

记得高一年级,有一次翻读《成语词典》,看到"娓娓动听"这个成语,觉得新鲜,就记在心里。几天后,老师布置课堂作文,我就想到了"娓娓动听",稍作构思,便毫不犹豫提笔写道:早晨,推开窗户,东边天幕一片绯红,凉爽的微风和远处广播里娓娓动听的乐曲"呼啦"一下就涌进了房间……下一堂语文课是作文讲评,老师选读了几个比较好的作文段落,其中就有我的作文开头,老师还特意重复了一遍"娓娓动听"四个字。

春去秋来几十载,时间改变着我,但读字典词典这个习惯却一直保持到现在。在我的办公桌和书桌上,字典词典们永远占据案头的"战略要地",让我触手可及,有时外出,匆忙间也可以随手拿了就走。《新华字典》《成语词典》不知翻烂和更换了几本。除此之外,我还相继买了其他一些词典,有《新华词典》《中国古汉语字典》《同义词词典》《文学词典》,还有《中国谚语词典》《歇后语词典》以及摘编类的《文学描写辞典》等等。

腹中有词语,下笔如有神。严歌苓就曾经说过,写作的关键是用词。

当然,生活是一部更加卷帙浩繁、包罗万象的大词典,且释义更加生动、立体、丰富多彩,多侧面多维度多视角而意蕴深远。就说"坚持",《新华词典》(商务印书馆,2001年修订版)的注释是"坚定地保持,坚决进行下去"。笼统,平面,抽象。而在现实生活的词典中,坚持是把千斤重担从这个肩头换到那个肩头的默默承担;是迎着狂风骤雨,坚信光明就在远方,跨越万水千山的竭力前行;是茫茫大漠戈壁,一代又一代人前赴后继打造万顷绿洲的不懈努力……无论是科技创新攻坚克难的代代相承,还是奥运赛场上的奋力拼搏,在各行各业,都无不彰显着"坚持"精神,诠释着"坚持"那震撼心灵的含义:坚定,坚毅,付出,奉献,无私,担当,无我,不屈,甚至牺牲等等,丰富、深刻而伟大。

现实中,"坚持"并不孤独,"风姿绰约"的"放弃"日夜陪伴在其左右。"坚持"松一口气,"放弃"就会趁机靠近一步。"坚持"16笔,"放弃"15笔,"坚持"和"放弃"仅一笔之差!所以,读懂了"坚持",也就读懂了"放弃"。

在生活这本大词典中,有一些词语要真正悟彻悟透,有时候可能需要整整一生的时光,比如:感恩,忠诚,珍惜,追求,光荣……

(2021.9)

光阴短

暑假一晃就过去了,有老师在朋友圈感叹:又到开学季了,时间怎么过得这么快!

这样的感叹引起一片唏嘘,尤其是群里那些准老头准老太,少不了在伤感不已的帖子后面贴上几个泪水哗哗的表情包。

年少时读朱自清的散文《匆匆》:"于是 —— 洗手的时候,日子从水盆里过去;吃饭的时候,日子从饭碗里过去;默默时,便从凝然的双眼前过去。我觉察他去的匆匆了,伸出手遮挽时,他又从遮挽着的手边过去……"

那时,在成长的岁月里,有谁会去理会时间的行色匆匆呢,更多的时候,反倒是觉着时间慢了,慢得如同蜗牛爬行。一年多长啊,一年有12个月,有春暖、夏热、秋凉、冬寒渐进渐变的四季,其间不知道得有多少回的花开花谢、叶生叶落!生产队一年里种早、晚两季水稻,一季水稻从撒籽播种到稻谷成熟,需要漫长的3072小时!我们从春节过完的第一天开始盼,盼到望眼欲穿才会迎来又一个热闹、欢乐的春节。一个学期也长得让人揪心啊,厚厚的课本,几节课才上两三页,预习、作业、复习,然后是一次次的单元测试;课程表一格紧跟着一格,从周一到周六上午,周而复始,循环往复,像爬不到尽头的阶梯!老师常常教导我们"一寸光阴一寸金",可是我并没感到时间有多少珍贵,心想着来日方长。只有当我将暑假的一大把时间挥霍殆尽时，才会有一丝日子"匆匆"的闪念，当然，那也只是对又一个"长得让人揪心"的新学期即将来临的一种"心理失落"和无奈。

1981年夏天，家里盖房子，为了省钱，母亲决定借灰窑自己烧制刷外墙的蛎灰。母亲的娘家在海边小镇，所以蛎壳多了去，不需要花一分钱；母亲兄妹6人，娘家老老少少近百号人，该来帮忙、出力的都来了，人工费也省了很多。烧了一昼夜，待灰窑冷却，将烧得一碰就碎的蛎壳起出来，堆成一垄一垄。接下来的工序是不停地敲打，必须把蛎壳敲成粉，敲得"熟"透了。那夜月光明亮，城市早已安然入睡，四周绿油油的水稻田里，蛙鼓此起彼伏。我们席地而坐，"嘭嘭，嘭嘭"，一下又一下，举着木棍敲打蛎堆。开始时大家还说说闹闹，到后来敲得臂酸、背痛、腿麻、力乏，哪里还舍得说句话浪费一丁点儿的力气。累了，休息一会儿继续，又累了，休息一会儿再继续，直到东方泛白。记忆里，那一夜，漫长得有如整整一个世纪！

后来的生活就像激流中行舟，哪里还会去关注时间的快与慢。当渐渐疲倦于职场打拼，当在一场接一场聚散离合的过往中"土豪"般地支付了太多的精气神，某一天才突然发现，60岁已经到了嘴角边！

在无始无终的时空世界里，人生短短几十年，"若白驹之过隙，忽然而已"，一转身，光阴就成了故事。

时间是一趟单程列车，一去不会复来。

前些天翻看《读者》杂志，无意中读到意大利作家翁贝托·埃科的《没时间》，文中写道："一个非闰年的正常年有8760小时，假设每天睡8小时，花1小时起床、刮胡子、穿衣服，费半小时刷牙和上厕所，用不超过2小时的时间吃饭，我们就用掉了4197.5小时。另外花2小时在市区乱转，每年又要用去730小时。"还有吸烟，"每月就算60支吧，如果抽1支烟要花15分钟（找烟、点烟、熄烟），一共就是180小时！"还有"吹牛、会客、看病、购物、运动、看戏"。如此算来,时间已所剩无几。

千万不要就此以为翁贝托·埃科是一个懒惰和贪图享受的人。在所剩无几的时间里,他每周要教3门课;编辑1份符号学杂志,每年出刊3次,共300页;主编2种专著,每年6本书,总共1800页;还要翻译作品,出席学术会议,撰写专栏文章。

在我们周围,却不知有多少人,只有到了"白发催年老"的时候,才会真正明白"盛年不再来,一日难再晨""花有重开日,人无再少年"等老话蕴含的道理!

光阴苦短,只争朝夕,从来都不是碌碌无为者的感受和作为。翁贝托·埃科想到抽烟要损失180小时,不禁惊呼:"太奢侈了,我必须戒烟!"他仍不满足,他要"克扣"下这180小时做更多事情。华罗庚说过:"时间是由分秒积成的,善于利用零星时间的人,才会做出更大的成绩来。"

倘若虚度,即使拥有最富足的时光也毫无意义。

(2019.8)

朗　读

耿艳菊女士有一篇千字文,是《读书给花听》,那样浪漫的情怀和举止叫我好生感动。

早上七点十五分,同学们都已在教室里落座,班长或者学习委员便站立起来,领读课文的第一句,然后全班同学一起齐声跟读:"……到了晚上,暴风雪更加疯狂,羊群在风雪的呼啸中朝东南方狂奔着。在紧紧追赶羊群的时候,小姐妹俩怕在奔跑中散失,便机智地相互高喊'龙——梅''玉——荣'……"那是近半个世纪前,我们小学时的早读课。

有时迟到了,走在七弯八拐的巷子里,远远地,可以听见从学校传过来的朗读声。各班读的是不同的课文,所以此起彼落,或嘈杂成一片。

我们的班主任老师姓龚,名字是龚以什么,因为学校里龚姓的老师有几个,就取了中间的字,叫他"以"老师。以老师五十开外,矮个,微胖,头发已非常稀少,颈部有些僵,有时候他匆匆赶来上课,后面脖颈上还扎着一枚闪闪发亮的银针,唬得小小年纪的我们心中发怵。以老师教的是语文课。他常常用粉笔头"笃笃笃"地敲着讲台,伸长脖子朝我们喊,大点声,大点声,读书读书,就是要读出声音。他应该是很喜欢他教授的这门课程的,每次教学新课文前,他都会在班上先自己将全文朗读一遍。以老师用普通话读,几个调皮的同学故意在底下嚷嚷,听不懂听不懂,他不加理会,普通话朗读一遍后,用宁海话再读一遍。假如新课文是唐诗宋词,那么,他一定会闭上眼睛,一边在课桌之间的走道来回踱着,一边朗读:"远上寒山石径斜,白云生处有人家。停车坐爱枫林晚,霜叶红于二月花。"摇头晃脑,如痴如醉,一副难以自拔的样子。

记得有一篇课文是《智取威虎山》剧本片段,杨子荣和座山雕、逃回来的栾平斗智斗勇一节,以老师点名让我和另外两名同学站起,分配角色来读。这样的教与学,同学们感到分外新奇,教室里的气氛也由此活跃起来,哪个读破了句子,哪个口里含着生字磕磕巴巴,都会引起一阵善意的轻轻嬉笑。因为分给我的角色是杨子荣,是英雄,我心里暗暗地开心了整整一周。

后来,读书变成了看书。在单位办公室,或夜晚在家里书桌前柔和的灯光下,一杯绿茶,摊开书,慢慢地看。

几十年来,我看过的古今中外文学作品为数不少,但真正一字不落地朗读下来的只有两本,一本是莎士比亚的剧作《哈姆雷特》,另一本是夏洛蒂·勃朗特的《简·爱》。

朗读《简·爱》,大约持续了两个月的时间。那时,我在宁海茶厂工作,二十几岁,正是很"文艺"的年纪。茶厂位于县城郊区,辛岭乡双水村西北角,一块由西东流的洋溪和由北南流的干溪相汇冲积而成的滩地上。若是风和日丽,我就将黄色的帆布挎包一背,往溪边去。那儿可是读书的好地方。在一块扑进溪水中的光滑的大岩石上,立也可,坐也行,背后是沉静的小山,脚下是湍流的小溪,天地间没有一丝干扰,任由我捧书自在而读。读着,读着,就将自己读成了简·爱,读成了罗切斯特,读成了贝茜、里德太太,甚至读成了"清澈的山溪",读成了溪流里的"暗色的石块和闪亮的涡流"。读得亦喜亦悲,读到日薄西山,欲罢不能。

合上书本,掬起一捧溪水,拍脸,润喉,这样的时刻,我觉得最是气清、舒爽。

前一阵子,看央视节目《朗读者》,自己心里面就有些"异动",便从书柜中抽出《简·爱》来,想着重温从前。不料,读了不满两页,气不匀了,头脑也有些晕,只得放下。

看来,朗读也是需要年龄和体力的支撑的。当然,能读几页就读几页吧,有声的阅读一定比默读更能触动心灵,因为,这将是一次内生式的沉浸过程。

(2019.11)

伞

下雨了，街上多了许多伞。

伞五颜六色的。我猜，灰黑的伞面下，一定是男士居多，而绚丽的花伞下，应该是优雅的、靓丽的女士，恐怕其中也会有"丁香一样地／结着愁怨的姑娘"……

雨密集起来，伞逐渐变模糊，一团一团的，似一个个朦朦胧胧的梦。

记得小学一年级上识字课，老师给我们讲了一个"伞"的故事。从前有个学生，是个"白字先生"。有一次，他把雨伞弄丢了，写信告诉母亲，可他抓破脑袋也想不起"伞"字该怎么写，就自作聪明以"命"代替，写成"把命丢了"。母亲看了信，急得不顾一切赶往学校，才知儿子丢的是一把伞。老师由此告诫我们，要好好念书，千万别闹出这种低级笑话。

20世纪70年代初，在我的少年时代，家里只有一把布伞，那是母亲的专属。骄阳似火或下雨的时候，30岁上下的母亲撑着伞娉娉婷婷地走在小县城的大街上，会收获很多热烈的目光。

我的"御雨装备"是箬笠。这是用竹篾做骨架辅以箬叶编成的一种圆形宽檐帽，是从前江南一般家庭和农家的常备之物。古典诗词中对此有很多相关描述，如《诗经》里的"尔牧来思，何蓑何笠，或负其餱"；张志和《渔歌子》中的"青箬笠，绿蓑衣，斜风细雨不须归"；柳宗元《江雪》中的"孤舟蓑笠翁，独钓寒江雪"……

其实，箬笠根本挡不了稍大一点的雨，从家里到学校千余米，往往只有扣在箬笠里的头发是干的。同学们把伞和箬笠统一放在教室后面，下课时，顽皮的同学将一顶顶箬笠甩向天空，箬笠掉下来摔在地上，细小的骨架折了，经风浸雨的箬叶裂了。于是即便是小雨，箬笠也漏水，连头发也是湿的了。所以那时候，雨伞理所当然地成为我们的向往。

伞，因雨而生，是雨中的精灵。

雨中有爱，才有伞。据传鲁班在乡间为百姓做活，媳妇云氏每天往返送饭，遇上雨季，常常淋湿。鲁班就在沿途设计建造了一些亭子，遇上下雨，媳妇便可在亭内躲一躲。然亭子虽好，总不便多设。云氏突发奇想，要是有个能随身携带的小亭子就好了。鲁班听了，茅塞顿开，就依照亭子的样子，裁了一块布，安上活动骨架，装上木把，于是世界上第一把"伞"就问世了。而据《玉屑》记载，伞是鲁班的媳妇为关心终日在外劳作的丈夫而发明的。但无论孰是孰非，伞的发明无疑是他们夫妻恩爱、相互关心的结果。

雨中有伞，也有了太多让人心动的美好和温馨时刻。

《白蛇传》当属以伞为媒的爱情故事之首。许仙和白娘子"西湖借伞"，一借一还，演绎了一曲动天地、泣鬼神、传千古的爱恨情仇故事。许仙一介书生，没钱没权没家产，但他那把散发着书生意气的油纸伞下，却漫溢着凡间一腔浓浓的温情与爱怜，一遇，则覆水难收！

日前有新闻报道，一天临近放学，上海松江下起了大雨，为了不让学生们淋雨，松江九亭第三小学近50名教师用伞撑起了一条近50米的"爱心伞道"。

曾经看到一张题为《父爱》的图片：下雨天，父亲擎伞和儿子走在放学回家的路上，儿子在父亲膝下从容而行，父亲的后背却已被雨水淋得湿透……

生活中这样的画面又何止一二。

作家威廉·格纳齐诺说过这样一句话："生活不过是个长长的雨天,而身体只不过是一把给这天用的雨伞。"

伞只有两种姿势,撑和收。人生如伞,要撑得开,也要收得起。撑开来,为人遮风挡雨,不负被高高举过头顶,才是精彩和美丽。

（2020.6）

书边札记

一

所有的文字都是一粒粒纯粹的种子,在阅读者的心田发芽、抽穗,然后长成善良、情爱、欢乐、憧憬、希望和一切阳光般明丽的美好。

如果不幸长成一棵"毒株",那只能是你自己的心地已被"污染"毒化得无以复加。

二

无论你怀着什么样的目的打开书本,无论你在阅读的时候怎样的敷衍了事,一本书,哪怕仅仅只有两个字深深地触动了你,比如"坚持",比如"谦让",比如"忠贞"等等,就够了。

每一本书都有其独特的价值和意想不到的效用。

三

手包里的书,是旅途最好的伴侣,故刘墉为苏州耦园还砚斋撰联有句曰:"闲中觅伴书为上。"

案头的书,是随处安放的智者心语,开卷即有益。

阳台几桌上的书,则以散文、诗词为宜,你满怀深情地诵读居高声远,会在悠然经过的每一个心坎上荡漾出一片旖旎的春天。

枕边的书,一定是梦开始的地方,你读过的那些文字都将化作璀璨的星星,照亮你的梦境……

四

在以简为书的古代,拥有十几部书,得有舟车载之、大宅存之,真的需有腰缠万贯的财富才能相匹配。

而今,有些人倒是喜欢动辄用几百册崭新的书籍来装饰他们富丽堂皇的居室。他们可能是腰缠万贯的富贾,但也许内心贫瘠,是衣衫光鲜的精神"乞丐"。

五

一户人家失火了,相邻的几家怕被波及,奋力将桌柜箱、衣物和缝纫机等一些贵重财物往外搬。

有一家男主人一趟一趟只顾搬运他的书,女主人急了:"搬书做什么?书烧了还可以再买!"

男人怔了怔,镜片后面的眼睛炯炯闪亮:"书里面那些和我耳鬓厮磨的气息和光阴,买得回来吗?"

这是发生在我年少时的一件事,40多年过去了,这句话依然时时响在耳边,一次次地让人感动。

六

每个人都以自己的方式阅读,有的用嘴,有的用心,有的用灵魂。

用嘴阅读,芬芳盈口,欢度一段快乐时光;用心阅读,喜则共喜,悲则同悲,感受形形色色的人生际遇和人生体验;而用灵魂阅读,才真正见之未见、达之不达,超然书外,犹如换骨重塑。

七

古人云,读书为"进德""建业"。

言之甚是。然窃以为,天下芸芸众生,有凡德可入世,有一技可安生,亦足矣。故读书时不必总想着"进德"和"建业",临窗沐月或灯下煮水,一书一茶,兴之所至,乐享其中,也是快意人生啊。

八

书,不是绘本,可以让我们临摹人生;书也不是"实时导航",可以指引我们到达目的地;书更不是神秘的阿里巴巴咒语,可以打开所有欲望之门。

但书又是无限的人生和世界。一切都在书里。

九

知识的拥有量和书的拥有量并不成正比。但我依然认为,最令人羡慕的有书生活,至少应该拥有半壁藏书。

我常常站在自己的书柜前欣喜不已,因为我觉得,我是与一群智者和伟人寓居一室,天天生活在一起的。

十

书香门第从来都是许多家庭的奢望和梦想。

那么,从今天起,在每一个朝霞染红窗棂的清晨,或安谧的夜晚,即便不是真正为了阅读,也请你捧起书来吧!你孜孜以读的姿势将成为最美丽的剪影,永远留在孩子的心中。

有星火,才会燎原。有开始,才有一代又一代不竭的传承!

十一

年轻时,因为有书,会少一些轻浮和稚气;中年时,因为有书,会在红尘中保持一份操守,一份清净,少一些世故和庸俗;年老的时候,也因为有书,会少一些孤独和薄凉。

所以啊,人的一生,还有什么比书更好、更温暖可心的陪伴呢!

十二

春之耕,才有秋之收,这是一个最浅显不过的道理。但唯有读书是一件不劳而获的事,打开书本,就是收获。

十三

一个人的生活习惯中,阅读是最好的习惯之一。

阅读这个习惯的最好之处还在于,阅读是一个不断优化阅读者的过程,会反过来改变你原来的那些生活习惯,使你更加优秀。

故有云:"人有书,则不俗。"

(2020 秋)

一片灿烂阳光

单位组织去海曙区古林镇茂新村"宁波家风馆"参观。

司机大概也是初次去,对着导航开。车到村口,导航指引的却不是主车道,40座的大巴块头大,只怕迎面来车。司机开着车兜来兜去地找路。有同事说,离目的地只有1.4公里了。

车窗外面,上午9点半的阳光特别灿烂,天地之间一派清明,毫无一丁点儿暮秋时节的寂寥和阴沉。我被这明艳的秋光诱惑得按捺不住,趁着司机下车问路,动员了七八个同事一起下车步行。

我们循着田间道路往前走。天高云淡,远山迢递,村庄疏落。稻谷成熟了,满畈金黄的色泽在微风中荡漾,谷香飘散。收割机在作业,已经脱粒缚成一捆一捆的稻草立在田里,活像童话里的小矮人。一些水田浅浅地蓄了水,种着短茬茬的绿苗,认得的同事说,这是蔺草,一年可收获两三期,可用来编织帽、席,经济效益相当不错。

清风送爽,三四千步路,抬腿就到了。海曙区士族相望,名人辈出,茂新村更是"御史中丞第,敕文待制家",是其中的优秀典范,其一门曾出过8名御史,且均为官清廉,深受百姓爱戴。"宁波家风馆"是一处灰墙黛瓦的两层古宅,干净清静。走进家风馆,我们沉浸在圣人伟人名人族人家人邻人的那些家风故事中。范钦(1506—1585),宁波鄞县人,明代著名藏书家,中国现存最古老的藏书楼——天一阁的创始人,他立下"代不分书,书不出阁"的家规,使历经数百年风风雨雨的天一阁藏书得以完整保存。同时，一楼藏书不仅为鄞西范氏带来名望，更为其子孙营造了代代相承的读书、爱书的家族氛围。家有良风，门族至幸。及至清代，范氏家族人才辈出，从清初至雍正年间，范氏家族出了 10 名进士；明清两代，被列为乡贤的范氏族人多达 16 位。

潘氏为象山望族。象山潘氏的第一代祖宗是元末驻守福建福州的武将潘均耀。潘氏一族历代奉行"乐善好施"的家风，后人中多有名士和善士。每到年关，有村邻难以过年的，必予以救济。同治年间大饥荒，民有菜色，潘家号召富裕人家平粜，活人无数。在咸丰年间的几次荒年中，更是拿出数万斤粮食，按口分配；粮食不够，还到宁海买米赈灾。借债人家若贫穷无法偿还的，潘家曾当场烧掉借券，因为"不想连累他们的子孙背上借债的包袱"。

在家风情景厅、家风书香厅、家风影视厅、家风艺术厅中缓缓移步、流连，明州大地上那些心怀善念、内心正义的事迹，让我们深深感动。杨贤江，慈溪人，中国共产党早期党员之一，在白色恐怖下坚持革命斗争，积劳成疾，逝世时年仅 36 岁，他告诫青年："要做活的进步的青年，不要做死的陈腐的青年。"殷夫，象山人，1931 年 2 月 7 日被国民党反动派秘密杀害于上海龙华淞沪警备司令部的"左联五烈士"之一，他"不要荣誉，不要功建，只望向真理的王国进礼"。童第周，鄞县塘溪童村人，生物学家、教育家，他秉承"长年累月，滴水穿石"的治学理念。沙孟海，鄞县塘溪沙村人，他将"要刻苦自振，在这中间去磨砺你的志气"这句箴言留给后人。王宽诚，宁波布政乡宋严王村人，实业家，他的家训是"当用者千万不吝啬，不当用者分文不浪费"……

中华民族五千多年的灿烂文明，是人类社会一笔巨大的精神财富，而其中"修身齐家"的优良家风于无声处润新人，是独特而珍贵的一部分。孔子"为政以德，诗礼传家"，范仲淹"治家以俭，先忧后乐",王阳明"此心光明,亦复何言",章太炎"立身为贵,朴实治学"等等,寥寥数字,历经千百年,却依然熠熠闪亮,启迪来者。

蔡元培曾在《中国人的修养》里写道:"家庭者,人生最初之学校也。一生之品性,所谓百变不离其宗者,大抵胚胎于家庭之中。"站在展馆里,我不由想起老一辈无产阶级革命家的家规故事:毛泽东曾写下"恋亲不为亲徇私,念旧不为旧谋利,济亲不为亲撑腰"三原则;周恩来为约束周家大家族的亲戚,定下"十条家规",成为十项铁律;朱德要求子女"接班不接官",要接过为人民服务的思想和本事,不准接高级干部的生活标准;彭德怀嘱咐晚辈"生活上要向低标准看齐,思想上、工作上要向高标准看齐";习仲勋要求子女穿土布衣,大孩子穿完了,再轮到小孩子穿……

年轻漂亮的解说员把我们带到一台智能书写平台前,邀请我亲自挥毫体验一下,同事们也在一旁附声鼓动。我站在台板前,一刹那间,6个字倏然浮上心头,于是我欣然提笔写了下来:一片灿烂阳光。

是的,屋外,阳光灿烂照耀大地。屋里,那淳朴好善、旷达济世、积极向上的家规家风,也似一片璀璨阳光,照亮我们的心空!

(2020.11)

后 记

这是我的第二部散文集。

记得有一次和妻子聊天,她说,没有爱好的人很可怕。我庆幸地笑了,我说我有。你有吗?她反问道。我说,我爱好文学啊。谁知她说,这个不能算爱好。为什么?我一肚子疑惑。她说,文学是你的事业,事业就是事业,事业不是爱好,钓钓鱼,养养花,平常人纯粹的闲情逸致,才是爱好。

这不禁让我想起2023年8月,作家东西在长篇小说《回响》获得第十一届茅盾文学奖后,接受中新网记者专访时说的一句话,他说:"写作是理想,也是事业。"

展望古今中外,许多作家都将文学作为自己崇高的事业,他们为之呕心沥血,如巴尔扎克、加西亚·马尔克斯、陈忠实、路遥等等。把文学作为事业的人生是有情怀的人生,是最有意义的伟大人生。

我后来进行了认真思考,我觉得,爱好和事业两者之间最大的区别在于,爱好属于休闲性、陶冶性的"玩",事业则不然。"写作就是玩玩",我不时听到一些卓有成就的作家这样自嘲自谦。我知道这是典型的"讲一套做一套",他们嘴上说是玩玩,其实写作时往往认真备至,一字一词"锱铢必较"。著名儿童文学作家、《中国童诗》杂志主编雪野兄有一次在微信朋友圈发帖,说:"笔墨文字,不好轻易说'玩'。"我打心眼里一千个赞同!

古人云:"风雷雨露,天之灵;山川民物,地之灵;语言文字,人之灵。"因此,任何一个写作者都没有理由不对自己手中的笔心怀敬畏,不对笔下的每一行文字字斟句酌。

我从来不敢抱着"自娱"而后"娱人"的态度"玩"写作。对自己的作品,我总是一而再、再而三,不厌其烦地认真修改、修改、再修改。无论是改动一个字,还是只改动一个标点符号,我都会立即点开文档,所以有时候,一天时间里会有数十次的点开、修改、保存过程。记得有一回醒来是凌晨两点,我突然想到一个作品中的一个句子换一种方式表达会更为贴切,就即刻穿衣起床。我的住所离工作单位不到3个公交车站的车程,正是寥寂的深秋时节,快步走在静静的大街上,我觉得自己像一个虔诚的朝圣者。半小时后到达单位,我在门卫玻璃房里保安的一脸惊讶中从容走过,乘电梯上8楼,进办公室,开机,调出文档,开始静心修改作品。当然,这样的事情又何止一两次呢。

一般情况下,完成一个作品,我不会急急忙忙就投稿,而是先放在文件夹里"冷处理",悉心进行"打磨"。有一次,一位文友看到我发表的一个作品是10个月前创作的,在微信群里惊叹:怎么藏了这么长时间呢!我回道,这在我是很平常的事。我有一个作品在文件夹存了近5年才投稿发表,这也是我藏得时间最长的一个。不过,也有"急就章",比如《不遇》,从敲下第一个"不"字到见报,仅7天。

我非常清楚,文学创作是要天赋的,且天赋要靠勤奋来维系,但单凭认真、勤奋不一定能成就梦想。我曾在微信群里表露心迹:"请允许我胸无大志,请允许我小打小闹,请允许我停滞不前。"其实正是因为我知道,无论我再怎么认真和勤奋,都已无法走得更远,以此为借口罢了。妻子曾问我,你自认为后面的文章与第一本集子里的相比,有长进吗?我羞愧难掩地回答,不如。

超越和突破自我,是一件多么困难的事情。

人，总是要择一趣事终老。尽管天资愚钝，但我依然愿意怀揣无限期许爱好文学，愿意把这一爱好作为毕生追求的事业，沉醉在文字那勾魂摄魄的万千风情和魅力中，"衣带渐宽终不悔，为伊消得人憔悴"。作为一个籍籍无名的写作者，我不敢奢求写出一部"死后可以做枕头的书"，也不奢望"自己的著作在身后能在图书馆书架上占有两寸地位"，我倒是喜欢雕塑艺术家吴为山说的那样："在我老去的时候，回望我的人生，再看看堆积成山的雕塑，那就是我的生命轨迹，是我的自塑像。"

文学作品是时代风云的史诗性记叙，也是个体生命生存日常的艺术性文本追忆。美国作家苏珊·桑塔格说："所有写作都是一种纪念。"

记得16岁那年高中毕业参加工作后，有心想把弟弟妹妹也往文学的道路上引，就为他们制订了一个一起背诵100篇散文名篇的计划（可惜没有坚持下去）。十天半个月一篇，我把自己选定的文章抄在方格稿纸上，一次抄两份，一人一份。不会忘记的是，我选抄给他们的第一篇散文是柯罗连科的《火光》。

微光如炬，文学就是那一支永不熄灭的火光，在前方照耀着，引领着，鼓舞着。在黝暗的生命的河流上，我是一名泅渡者，矢志向光而棹，逐光而歌。

我的电脑上时不时会闪出一幅屏保美图，图上有"追随光，成为光"几个字。我无意"成为光"，也终究成不了"光"。假如可以有一个期望，那么我的期望是"追随光，与光共舞"。

2023年11月21日22时，

写于宁海县桃源街道气象北路天明湖畔

颐园小区20幢2601室